終於失去你

Lose you finally

對於你，我始終不敢期待，

所以，
當你真的來到身邊時，

我一邊喜悅，
一邊等著你是不是下一刻就要離開？

煙波——著

出·版·緣·起

三百六十度全媒體出版

城邦原創創辦人　何飛鵬

當數位變革浪潮風起雲湧之際，做爲一個紙本出版人，我就開始預想會不會有數位原生內容出版社出現？如果會的話，數位原生出版會以什麼樣貌出現？而我又將如何面對這種數位原生出版行爲？

就在這個時候，我看到了大陸的起點網，這個線上創作平台，聚集了無數的寫手，形成數量龐大的創作內容，無數的素人作家在此找到了夢許之地，也成就了一個創作與閱讀的交流平台，而手機付費閱讀的習慣養成，更讓起點網成爲全世界獨一無二、有生意模式的創作閱讀平台。

基於這樣的想像，我們決定在繁體中文世界打造另一個線上創作平台，這就是POPO原創網誕生的背景。

做爲一個後進者，再加上我們源自紙本出版工作者，因此我們在POPO上增加了許多的新功能，除了必備的創作機制之外，專業編輯的協助必不可少，因此我們保留了實體出版的編輯角色，讓有心成爲專業作家的人，能夠得到編輯的協助，我們會觀察寫作者的內容、進度，選擇有潛力的創作者，給予意見，並在正式收費出版之前，進行最終的包裝，並適當的加入行銷概念，讓讀者能快速認識作者與作品。

這就是POPO原創平台，一個集全素人創作、編輯、公開發行、閱讀、收費與互動的一條龍全數位的價值鏈。

經過這些年的實驗之後，POPO已成功的培養出一些線上原創作者，也擁有部分對新生事物好奇的讀者，不過我們也看到其中的不足—我們並未提供紙本出版服務。眞實世界中，仍有許多作家用紙寫作，還有更多讀者習慣紙本閱讀，如果我們只提供線上服務，似乎仍有缺憾。

爲此我們決定拼上最後一塊全媒體出版的拼圖，爲創作者再提供紙本出版的服務，讓所有在線上創作的作家、作品，有機會用紙本媒介與讀者溝通，這是POPO原創紙本出版品的由來。

如果說線上創作是無門檻的出版行爲，而紙本則有門檻的限制，線上世界寫作只要有心，就能上網、就可露出，就有人會閱讀，沒有印刷成本的門檻限制。可是回到紙本，門檻限制依舊在。因此，我們會針對POPO原創網上適合紙本出版的作品，提供紙本出版的服務，我們無法讓所有線上作品都有線下紙本出版品，但我們開啓一種可能，也讓POPO原創網完成了「三百六十度全媒體出版」的完整產業及閱讀鏈。

不過我們的紙本出版服務，與線下出版社仍有不同，我們提供了不同規格的紙本出版服務：（一）符合紙本出版規格的大眾出版品，門檻在三千本以上。（二）印刷規格在五百到二千本之間的試驗型出版品。（三）五百本以下，少量的限量出版品。

我們的宗旨是：「替作者圓夢，替讀者服務」，在作者與讀者之間搭起一座無障礙橋梁。

我們的信念是：「一日出版人，終生出版人」、「內容永有、書本不死、只是轉型、只是改變」。

我們更相信：知識是改變一個人、一個組織、一個社會、一個國家的起點。讓想像實現、讓創意露出、讓經驗傳承、讓知識留存。我手寫我思，我手寫我見，我手寫我知，我手寫我創，變成一本本的書，這是人類持續向前的動力。

我們永遠是「讀書花園的園丁」，不論實體或虛擬、線上或線下、紙本或數位，我們永遠在，城邦、POPO原創永遠是閱讀世界的一顆螺絲釘。

目錄

第一章　愛情毫無道理

一旦愛上了就會是全部，如果不是全部，那就不是愛，只是喜歡。

「這一棟是我們系館，附近不用多做介紹，反正開學不到兩個星期，你們立刻就能摸熟。」那位學長剛才自我介紹過，他的名字叫做阿勳，他指了指附近的幾幢建築物，「你們先大概理解就好，等到交了男女朋友後，就會知道哪裡是哪裡了。沒有用到的地方，表示不必知道。」

說完阿勳自己先笑了起來，幾個男生也跟著笑了。

豔陽高照的八月底，一群人站在系館旁的樹蔭下，除了阿勳跟幾個笑個不停的男生，其他的新生有些人一頭霧水，有些人明顯只是跟著笑，林雨恩則覺得有些困惑，按照阿勳的說法，好像上了大學一定要談戀愛一樣。

阿勳又扯了幾個笑話，但她已經有些神遊物外。

說來也是，自從考完大學之後，好像什麼禁忌都解開了，媽媽除了要她小心保護自己，什麼都沒再多說。

收到入學須知時，同時收到了系學會寄來的迎新茶會邀請函，林雨恩想早點來到大學習慣新生活，於是勾選了參加，趁著這個機會，提早搬到這個城市。

天氣很熱，阿勳明顯不想浪費時間在太陽底下曝曬，隨意介紹完幾個重點建築後，就帶著一行新生進入系館。系館裡頭雖然還是熱，但總是比外頭那種幾乎要烤熟人的溫度要好多了，至少還有些清爽的微弱冷氣從教室門縫裡竄出。

一行人浩浩蕩蕩進入舉辦茶會的空教室，教室中央擺著一些小西點跟疊得跟小山一樣的杯裝果汁，學長姊們又給了大家一人一瓶冰水。

林雨恩拿著水瓶捂了捂頸子，才扭開瓶口喝了幾口，這時候教室的燈忽然暗了下來，只剩下講台上方的燈光微亮。

大家自然把目光都放在那光亮的地方，一名俏麗的短髮女子提步上台。

林雨恩實在很難想像會有這麼矛盾的女生，她臉上素淨，不需要化妝品的精雕細琢，五官已經非常精緻，皮膚像是瓷娃娃般細緻白皙，走在路上絕對回頭率百分之百。這樣長相宛如一汪清泉的女生，卻頂著一頭亮橘色短髮，頭髮的長度甚至比許多男生還要短，一身衣著不過是簡單的牛仔褲、襯衫，穿在她身上卻顯得這樣俐落。

不只是林雨恩，就連一旁的幾個新生，都有些看傻了。

那女生當眞好看，是眞正的美人，不是後天加工的。

那女生彷彿知道大家的反應是爲了什麼，因此只是靜靜站著，而後才噗哧一笑，轉頭對著剛剛領他們進來的阿勳說：「怎麼樣？我贏了。」

阿勳臉上盡是無可奈何，「我眞是有毛病才跟妳賭這個，好啦，願賭服輸我知道的，家聚是吧？」

「乖孩子，我都還沒說你就認了，那就交給你了。」那女生粲然一笑，又轉頭回來對著他們說：「各位小大一，我是這屆的系學會會長，我叫江嘉瑜，你們收到的邀請函上，就有我的名字。」

林雨恩有些心不在焉地聽著江嘉瑜的話語聲從耳邊飄過。實在是江嘉瑜的長相美得有些不眞實，一開口又是如此直接爽利，林雨恩不禁猜想，這樣的人會有著怎麼樣的人生？又是怎麼樣的男人，才能跟這個女生站在一起，並且顯得匹配？

她兀自思索著，卻沒注意台上的人話已經說完，茶會進行到下個階段。

「學妹，你是不是A班三十六號林雨恩啊？」剛剛那個耀眼的系學會會長走到林雨恩面前，林雨恩這才注意到，這是一個多嬌小的女生！

她甚至矮自己半顆頭，笑起來嘴角彎彎，眼角彎彎，可愛的讓人好想摸摸她的頭。

「對，我是。」林雨恩點點頭，「怎麼了嗎？會長。」

江嘉瑜跳起來，連連擺手，連珠砲似地說：「欸欸，別喊我會長，我是妳的直屬學姊，今年大四了。這個會長我是抽籤抽到的，雖然我眞的懷疑我被陰了一把，啊，算了算了，不說這件事情，我帶妳去附近逛逛吧！」

江嘉瑜話一說完，沒等林雨恩回答，便親暱又自然地拉起林雨恩的手，從教室後門跑出去。

「呃？」林雨恩頗有些摸不著頭緒，但依然順從地跟著江嘉瑜溜出教室。

江嘉瑜像是早就決定好要去哪裡，一路拉著她跑到系學會辦公室。推開門，裡頭半個人都沒有，江嘉瑜對這情況異常滿意，彈了彈手指。

「坐。」江嘉瑜隨手指了個位置，「剛剛那裡太吵了，所以我們來這裡聊聊，你想喝什麼？有水跟果汁。」

「水好了。」林雨恩沒說她的包包裡還有一瓶沒喝完的水。

江嘉瑜拿了兩瓶瓶裝水過來，落坐在她對面，笑咪咪地看著她。

好半晌，兩人就這樣對坐著，什麼話也沒說，林雨恩讓她看得有點坐立不安，想問些什麼又不知道該怎麼開口。

幸好這時江嘉瑜搶在前頭開了口，很滿足的模樣，「終於是學妹了啊！」

「啊？」她眨了幾下眼睛，「什麼意思？」

江嘉瑜笑起來，「妳不知道，我們家族大二大三的都是臭男生，我好不容易等到一個學妹啊！幸好妳來了，不然我到畢業連個直屬學妹都沒有。」她的語氣裡是眞的歡欣。

林雨恩想了想，問：「那他們今天有來嗎？」

江嘉瑜鄙夷地擺了擺手，「沒，那兩個都是妻奴，整個暑假都在家裡跟女朋友廝混，沒空來。別管他們，家聚的時候讓他們請客就好。」

林雨恩讓江嘉瑜的態度給逗笑。

江嘉瑜看她笑起來，自己也跟著笑了。

「吶，我們不要枯坐著，剛剛阿勳肯定沒有好好介紹環境，我來說給妳聽吧。」江嘉瑜是說風就是雨的個性，話音都還沒落地，立刻就拉著林雨恩起身。

林雨恩看了一眼窗外的烈陽，忽然覺得，要當這個學姊的男朋友，大概個性要非常非常淡定吧？

「我跟妳說，我們的系圖書館在五樓，學校的圖書館是一點鐘方向的那幢。」江嘉瑜拉著她走到視野開闊的窗邊，一一介紹。

「圖書館很重要，到時候做報告你們就會知道，如果等一下沒事我可以先帶妳去參觀一下，圖書館的地下室還有非書資料庫，用來看電影打發時間是個很棒的選擇。」

林雨恩聽著，但其實卻更多時間都把心思放在江嘉瑜身上，她就連介紹校園，都顯得那麼活力四射，那麼有個人魅力。

「雨恩，這些香草要澆多少水，妳都記得了嗎？」

「記得了。」林雨恩提著澆水器，站在花棚底下，回頭對著站在門邊的阿姨說。

阿姨沒打算要上前來幫忙，只是等著她處理好。

林雨恩沒想到她考上的大學居然會跟阿姨家在同一個城市。

阿姨在這城市裡有間花草鋪，是幢兩層樓的老房子，店面布置很有日式風味，二樓本來是空著當倉庫，知道她要來這城市念書，阿姨便把二樓整理了之後讓給她住。這樣一來，她既擁有了自由，也省了住宿費，還有人可以互相照應。

唯一的條件是，她得幫忙照料頂樓的香草植物，還要負責打掃。

清理環境，對林雨恩來說不算太難，但要熟記這些香草的習性跟名字，倒不免要讓她多費些心力。

幸好阿姨以前就常送一些乾燥香草製成的香包給她，她聞著那些熟悉的味道，再一一對上每種香草的模樣，很快就記住了。

她澆水的時候，阿姨一直倚靠在門邊耐心微笑等著，直到她收好器具，阿姨才說：「我們去吃飯吧。」

「好。」林雨恩一邊應聲，一邊從架子上抽過毛巾，擦了擦手，跟在阿姨身後離開頂樓。

天氣很好，走出店門時，即便太陽已經下山，熱氣依然迎面撲來。

阿姨把車子開到店門口，搖下副駕駛座的車窗，對林雨恩招手，「快進來。」

阿姨是個很有魅力的女人，即便長相不算特別出色，但纖細的身材，慢條斯理的說話方式，總是穿著一身長裙，思考的時候像是個不食人間煙火的女子。

林雨恩有時想，年輕的時候，阿姨肯定也有很多人喜歡的。

只是不知道爲什麼，阿姨始終沒有結婚。

但是有男朋友。

阿姨的大姊，也就是林雨恩的媽媽，對這件事情頗有微詞，但這都什麼時代了，也不算什麼大問題，因此多半只是私下抱怨幾句，阿姨也知道，卻沒怎麼放在心上。

林雨恩覺得自己的脾性跟阿姨更爲接近，媽媽的情緒大開大闔，開心的時候就像是七月的豔陽天，難過的時候就像是強颱過境。

除了她之外，大家都挺習慣媽媽的情緒劇烈變化，只有身爲女兒的她，雖然能夠體諒，可還是會不自覺地懼怕。

她很怕熱，也很怕冷，更害怕強烈的情緒。

「又在想什麼？」阿姨趁著紅燈的時候問：「今天的迎新茶會好玩嗎？」

林雨恩偏著頭想了一會兒，提了江嘉瑜的事。

「挺可愛的女孩子。」阿姨邊聽邊笑，「也許妳也可以像她那樣，有什麼就說什麼。」

林雨恩笑了笑，「我沒有隱瞞什麼事情啊。」

「只是想得太多，說得太少。」阿姨用一種很了然的口氣，「妳跟我一樣。」

「這樣算是遺傳嗎？」她打趣地問。

阿姨很認眞地想了想，答：「唔……應該算是隔代遺傳吧。」

林雨恩微微地笑了起來。

「今天找妳吃飯，主要是想跟妳說，我要去美國一段時間。」阿姨把車子開進百貨公司的地下室停車場。

「啊？」林雨恩沒料到是這樣，一時之間有些傻眼。「怎麼這麼突然？」

阿姨停好車，不答反說：「先進餐廳邊吃邊聊吧，預約的時間快要到了。」

兩人搭著電梯往上，阿姨訂的餐廳是間挺有名的小籠包店。

掠過排隊的人潮，阿姨領著她直接走到叫號櫃臺前，妝容精緻的服務生，只讓她們稍等了一會兒，就讓她們入座。

阿姨拿起菜單跟她討論，爽朗地點了滿桌子的食物。

「阿姨，妳爲什麼忽然要去美國啊？」趁著上菜前的空檔，林雨恩把握時間趕緊發問。

「我男朋友要外派到美國兩三年，我想了想，就決定跟著去了。」阿姨答的很隨性，好像這是理所當然的事。

林雨恩偏著頭消化這個消息，阿姨也不著急，只是在一旁等著。

「爲什麼呢？阿姨在這裡有店，有家人，爲什麼要去美國？」其實她最想問的是，那個人甚至不是阿姨的丈夫，爲什麼要爲了他就這樣拋下一切？

但阿姨像是能夠聽見她心裡的想法，只是對她笑了笑。

「做過了懊悔，總比沒做過後悔還好。」阿姨很坦然地聳聳肩，「人生哪有這麼多時間可以等待？何況，我一直想去遊學啊，剛好趁這個機會圓夢，我已經報名語言學校了。」

「喔……」林雨恩眨了眨眼睛，雖然並不是完全能夠理解阿姨話裡隱藏的含意，但是她能接受這個答案。「那什麼時候出發？」

「很快，一個月後出發。在那之前，我會把店面整理整理，暫時歇業。」服務生端來了餐，阿姨停下話，略略收整桌面，待服務生上完菜才又繼續說：「房子妳可以繼續住，水電費從我戶頭裡面扣，不用擔心，唯一需要妳幫忙的就是照料頂樓的香草。」阿姨夾了個小籠包放在她的盤子裡，「要替我好好照顧這些孩子，如果有什麼不懂的，妳就寫mail來問我，我有空就會回。」

「好。」她想了想又問：「阿姨會跟男朋友結婚嗎？」

阿姨一愣，拿著筷子的手停在半空中，想了好一會兒，「不一定，有機會的話可以考慮。」

「阿姨不是不婚主義嗎？」林雨恩這下子倒是眞的傻住了。

阿姨笑吟吟地看著她，「就像妳明明知道我是不婚主義，妳剛剛還是開口問了我會不會結婚，可見人生其實並沒有這麼多原則。」

林雨恩笑了起來，「所以阿姨是眞的愛他。」

阿姨搖搖頭，「妳很快就會懂，一旦愛上了就會是全部，沒有什麼眞的假的，如果不是全部，那就不是愛，只是喜歡。」

點的菜陸續送上桌，阿姨交代完重點事情後，開始跟林雨恩閒聊，談論的事情大多圍繞在美國上頭，聊著聊著，阿姨忽然啊了一聲，「那個，陶子仲也在美國吧？」

林雨恩點點頭，「他去很久啦。」

說起陶子仲，兩個人都笑了起來。

陶子仲是個很妙的傢伙，小時候就常常惹得家裡的保母失聲尖叫，曾經好幾次，媽媽衝去隔壁敲門，深怕有什麼虐童事件發生，但幾次下來，每次都見到保母一臉抓狂崩潰，陶子仲則裝出一副很有禮貌的姿態，嘴上還說著沒事，打擾到鄰居實在對不起。

但是要說陶子仲是個壞孩子，大家又不這麼認爲。

更多的時候，他只是寂寞。

於是住在隔壁的林雨恩家，就變成了托兒所，陶子仲常溜到林雨恩家打發時間；當然陶家依舊聘請保母，只是這保母卻更像是打掃阿姨。

林雨恩跟陶子仲年紀相同，只是陶子仲略大幾個月，兩人從幼稚園就同班到國中畢業。

林雨恩的反應慢，遇到意外事件大多都是陶子仲搶先替她發言，幸好她從沒碰上什麼校園霸凌，否則還不知道一向嚴重護短的陶子仲要怎麼惡整別人。

阿姨第一次見到陶子仲，是他們念小學的時候。

陶子仲見林雨恩上了阿姨的車子，想也沒想，立刻也跟著鑽進車子裡，阿姨嚇了一跳，林雨恩倒是見怪不怪。

「阿仲，你下去啦，我要跟阿姨去逛街。」林雨恩嗓音稚嫩，小手推著他。

陶子仲看了看林雨恩，索性理都不理她，直接把頭探到前座去，「阿姨，我是小恩的鄰居，我也想跟你們一起去，可以嗎？」

就這反應，讓阿姨笑了好久。

這小孩從小就知道擒賊先擒王的道理啊。

「不過我一直想，如果子仲當初沒有去美國唸書，說不定你們倆現在已經在一起了。」阿姨對著林雨恩擠眉弄眼，「怎麼樣？你對子仲有沒有興趣啊？大學生了，是應該談場戀愛了。」

林雨恩有些好笑地看著阿姨，她吃了一口炒飯，笑道：「他這麼耀眼，一向很受女生歡迎，我是沒仔細數過，但搞不好前前後後已經換過一打女朋友了。」

阿姨想了想，搖搖頭，「我看不會，子仲看起來耀眼，但骨子裡應該挺專情的。」

說完，阿姨給了她一個曖昧的眼神，林雨恩偏著頭問：「那跟我有什麼關係？」

阿姨噗哧一聲笑了出來，「妳果然眞的不喜歡他。」

林雨恩一時讓阿姨跳躍的話題弄得抓不到頭緒，清秀的臉上寫滿困惑。

「算了算了。」阿姨笑著轉開話題，「等會兒我們去趟大賣場吧，家裡有些東西該補了。」

「好。」林雨恩點點頭，端起碗來喝了一口湯。

兩人安靜吃了一會兒飯，林雨恩忽然開口：「阿姨，就算阿仲是個專情的人，那也不能表示他喜歡我啊。」

林雨只是需要很多時間思考，但不是想不出答案。

「剛剛話裡的邏輯不太對。」她很認眞地說。

阿姨愣了一愣，晶亮的眼裡忽然滿是笑意。

「怎麼這麼可愛？」阿姨伸手摸了摸林雨恩的臉。「好認眞的孩子，妳要是愛上了誰，那個人肯定會是全世界最幸福的人。」

林雨恩不太明白，爲什麼才剛剛升上大學，一夕之間，好像全世界關心的問題忽然就從「這次模擬考是全校第幾名？」，變成了「林雨恩，妳什麼時候要開始談戀愛？」

「走吧，我們去下個地方吧。」阿姨沒有繼續在這個問題上打轉，只是對她笑了笑，眼神裡有些擔憂，卻什麼也沒說。

買完東西回到家裡，林雨恩洗完澡，還濕淋著頭髮正打算吹乾，臉書的聊天室訊息就跳了出來。

說人人到。

陶子仲：「早安。」

林雨恩瞄了一眼，回：「等我一下，我先吹頭髮。」

陶子仲那裡與台灣差了十幾個小時，他這時候說早安，其實也沒什麼不對。

陶子仲：「喔，快點。」

林雨恩對著螢幕皺皺鼻子，慢條斯理地走到一邊去吹頭髮。

她一頭長髮，要吹到八分乾都不容易，這段期間陶子仲的訊息還是寫個不停，他一直是個多話的傢伙，就算林雨恩沒回答，他也可以獨自滔滔不絕寫上一大段。

林雨恩坐回電腦前，大致瀏覽過陶子仲那一長串訊息後，打出一行字：「我今天才跟阿姨聊起你。」

「爲什麼？想我了嗎？我也想你們，但是今年都沒空回去。」

這口氣林雨恩實在太熟悉了，她幾乎可以看見陶子仲那張陽光禍水的面孔對著她可憐兮兮地撒嬌。

「不是，是阿姨要去美國了。」林雨恩完全沒給他任何機會多做發揮，對這傢伙實在不能太溫柔，否則他就要軟土深掘了。

果然，陶子仲一聽阿姨要去美國，立刻就冒出一大堆問題洗屏，林雨恩等到陶子仲自己消停了些，不會把她的話都從畫面中洗掉後，才把知道的都告訴他。

陶子仲打了一大串，最後只得到林雨恩的三言兩語回應，他要不是早就知道林雨恩的個性，大概會覺得這女的根本就不想跟他聊天。

「所以妳之後自己一個人住在台中？」

「對。」

「眞好耶，我也想跟妳一起住。」陶子仲想都沒想地就這樣回。

林雨恩又沉默了。

這邏輯不太對啊，但是要是跟陶子仲說這個，又要被他一大堆話洗屏，林雨恩琢磨了一會兒，決定略過這個小小的錯誤。

「你也應該要去申請大學了吧？」

「我還沒決定啦，我家老頭倒是很著急。」陶子仲回答的很隨意，「說不定會回台灣申請也不一定。」

林雨恩對於陶子仲的發言並不訝異，陶子仲太聰明，儘管家世良好，但他光只憑藉自己出眾的能力，就已經很容易什麼事情都手到擒來，也因爲這樣，反而顯得有些定力不夠，時常一下子想要這樣，一下子又想要那樣。

要是事事都跟著他起舞，還不被他累死？

「你自己想清楚啦，台灣的大學在全球排名，除了台清交成，沒什麼特別突出的學校，一大堆人都想出去國外念大學，你如果能在美國申請到更好的大學，幹麼要回來？」

陶子仲又叨叨絮絮地打了一大堆話，林雨恩隨意回了幾句便關機睡了。

跟陶子仲牽扯，實在不需要認眞，一來這傢伙變換主意跟翻書一樣，二來這傢伙根本就不聽人勸，多說無益，不如早早睡了。

日子過得很快，三個多星期以來，林雨恩整天拿著地圖在這城市裡亂晃，有時搭錯公車仍不減其興致，阿姨則是忙著準備出國事宜。

開學後，又是一連串的陌生事情等著林雨恩，像是要選課，認識同學，還要選社團什麼的，雖然大學不強迫一定要參加社團，但她還是想研究看看，說不定有些什麼有趣的。

林雨恩才剛走出教室，就被江嘉瑜猛然抓住了手，「學妹，等妳好久啦。」

她嚇了一跳，定睛一看才知道是江嘉瑜。

「學姊？妳有事情找我怎麼不打手機？」

「我剛好在這附近，所以就直接過來找妳。」江嘉瑜親密地拉著林雨恩的手，「系學會需要人手，妳現在有沒有空？」

林雨恩點點頭，「嗯，剛好今天沒事。」

「太好了。」江嘉瑜拉著林雨恩往系辦走，「你本來是準備要回家嗎？」

「沒有，本來想要去看看社團。」

兩人一邊聊著，一邊往系辦前進，還沒推開門，就聽見裡頭鬧烘烘的。

「我們一直都這麼吵鬧，妳不要介意啊。」江嘉瑜先笑著跟林雨恩說了這話，才伸手開門，嘈雜聲音瞬間安靜了一秒，眾人把眼光投向門邊，一看是江嘉瑜，又立刻吵鬧起來。

只有阿勳站起來挪了兩個位置給她們，「家聚的事情我安排得差不多了，妳們兩個什麼時候有空啊？」

「迎新舞會之前不行，光弄這些事情我都焦頭爛額了。」江嘉瑜想也沒想便答，然後又轉頭問：「雨恩呢？有沒有什麼時間不行？」

林雨恩回答：「最近沒有什麼事，應該都可以吧。」

阿勳拿出行事曆，很專業地對照時間，下了決定，「那就迎新舞會後的星期二好了。」

「可以。」江嘉瑜應得很快，同時手上也開始做起事來。

林雨恩站在一邊，有點不知道自己來這裡要幹麼，這時，江嘉瑜遞過一疊資料給她。

「我們資金不夠，只能進行家庭手工了。」江嘉瑜指了指旁邊的桌子，「阿動，你教她。」

「好，那順帶再跟妳說一下，我們是兩家一起辦家聚喔。」阿動轉頭對著林雨恩笑的很溫柔，語氣也特意放軟，「學妹，我現在來教妳……」

阿動的話還沒說完，江嘉瑜已經大步走到他面前，睜大雙眼瞪著他看，「停止你這種淫穢的口氣，我家學妹不容你玷污！」

林雨恩一愣，阿動大笑，「妳以為學妹跟妳一樣大刺刺嗎？而且我哪裡淫穢了？我這是溫柔，是溫柔！」

林雨恩的視線在他們臉上來回掃瞄，江嘉瑜什麼都沒察覺到，阿動卻倒是敏銳，瞥見林雨恩的眼神，便伸手彈了她的額心。

林雨恩還沒反應過來，江嘉瑜已經一把將她拉到背後，對著阿動大罵：「不要對我家學妹動手動腳。」

阿動瞇著眼看向江嘉瑜，然後擺擺手，「好了好了，妳該幹麼幹麼去，我跟學妹喬時間，還要進行手工教學，我很忙的。」

江嘉瑜一臉防備地看著阿動，最後走到一旁的電腦前，還不忘吩咐：「你要敢對我家學妹下手，我就揍你一頓。」

「我沒有這麼大的膽子跟這麼好的胃口。」阿動翻了個白眼，「娶個老婆還得附帶老媽媽，這買賣太虧了。」

林雨恩忍不住笑出聲，這話也太刻薄了，一邊占了她的便宜，一邊又損了江嘉瑜一把。

江嘉瑜給了林雨恩一個讚賞的眼神，「看來我這學妹是個聰明的，阿勳你還是另找對象吧。」

「你能不能別把我說的像是一個變態？」阿勳翻了個白眼，嘆了口氣，「學妹，妳別理她，她那瘋勁除了學長，沒人可以忍受的了。」

「學長？是學姊的男朋友嗎？」林雨恩帶著好奇，「我見過嗎？」

「沒有，學長不是我們系上的，所以妳還沒見過，不過等到迎新舞會時，妳應該有機會見到他。」阿勳笑起來，「等妳見到他，就知道我為什麼會這麼說。」

「你不要隨便說我的八卦，我人還在這裡耶！」江嘉瑜雙手還擺在鍵盤上，轉頭就罵：「太不道德了！」

阿勳挑眉，「這哪是八卦？全系學會，包括隔壁系學會都知道你們的關係好嗎？」

「隔壁？」

阿勳為林雨恩解釋：「喔，學長也是他們系上的系學會會長，所以他們兩個人就是門當戶對，郎才女貌，珠聯璧合，鸞鳳和鳴。」

「你是成語辭典嗎？」也不知道是手上要處理的事情真的太多，還是決定暫時放棄抵抗，一向戰力滿點的江嘉瑜這次投降的異常迅速，「算了，不跟你說，我要去忙了。」

這時，阿勳才有時間跟林雨恩好好交代事情。

「那我們就在迎新舞會後的星期二舉辦家聚，妳應該有空，對吧？」阿勳又問了一次。這次舉辦家聚，就是為了要歡迎大一新生，如果主角沒空參加，那麼可能就得要改期。

林雨恩低頭思索了半分鐘，「我有個小問題，舞會是什麼時候？」

「對啊，都忘記你們還沒收到邀請函。」阿勳淺笑，伸手從桌上抽了張紙過來，「九月二十，下個星期五。」

「所以家聚是下下個星期二？」林雨恩確認。

「對。」

「那我可以。」

「很好。」阿勳在行事曆上打了個勾，又對林雨恩笑了笑，「那我現在來教你進行家庭代工。」

阿勳指了指一邊疊得很高的資料，至於桌子旁邊圍坐著的人，雖然一雙雙眼睛都很期待地盯著阿勳和林雨恩，但阿勳的目光逐一掃過眾人之後，卻說：「這些人，嗯，不重要。」

林雨恩還沒反應過來，眾人已經迅速爆起，堆滿東西的系辦瞬間成了戰場。江嘉瑜眼明手快地把她拉到角落站著，「別怕，他們打歸打，不會傷了妳的，只要閃遠一點，避免流彈波及就沒事了。」

其實她不害怕，就是有點擔心，這些人在這裡這樣扭打，對嗎？還有那家庭代工，是到底還要不要繼續啊？

後來林雨恩才知道，原來阿勳非常崇拜江嘉瑜的男朋友。

不過那確實是一個值得崇拜的人，她完全可以明白阿勳的想法。旁的不說，光是能夠治得住江嘉瑜，就已經很讓人佩服了，更別說，那個人本身也是個很搶眼的存在，用一種跟江嘉瑜不同的方式，讓人只見過一眼就記在心上江嘉瑜是蹦蹦跳跳，熱情四射，而他則是沉穩冷靜，關鍵時候才說話。就像現在。

「阿學，這是我學妹，雨恩。」

林雨恩看著面前這位學長，一雙靛黑的眼眸藏在眼鏡後面，對她微微一笑，禮貌地點了點頭，意有所指地說了聲：「辛苦了。」

林雨恩忍不住笑，學姊已經不服氣地炸了起來，「幹麼？你的意思是當我的學妹很辛苦是嗎？」

她看著他們打鬧鬥嘴，忽然覺得，如果能有一個像學長這樣的男朋友，也許，真的應該談一場戀愛。

即便兩人再怎麼打鬧，學長的手總是緊緊護著江嘉瑜，他們在人前的互動其實不算高調，但就算是個瞎子都能感覺得出來他們的愛，多麼深厚。

迎新舞會那天，林雨恩一早就到了系辦，雖然說自己是新生，應該只要負責悠閒參加舞會就可以了，不過最近在系辦待慣了，在這種忙碌的日子，還是想著要過去探探，說不定有什麼雜事需要幫忙。

果然，平常已經很亂的系辦，現在更亂了。

跟兵荒馬亂沒什麼兩樣，所有人都是一頭一臉的汗，一箱箱要搬去會場的東西已經挪開，但那空出來的位置瞬間又被其他東西給補上。

「有沒有什麼事情要幫忙的？」林雨恩從門邊探頭問。

所有人都抬頭看了林雨恩一眼，江嘉瑜也在其中，她立刻起身，抹掉一手的汗，「不用，妳先去會場吧，看看會場有沒有什麼需要注意的，幫忙留意一下就好。妳那身漂亮衣服是特別穿來參加舞會的吧？不要弄髒了。」

「好吧，那我先過去看看。」林雨恩最近跟著大家一起準備迎新舞會，對於大部分的工作環節早就熟悉。

系辦裡頭雖然亂的不得了，不過林雨恩對學長姊們還是挺有信心的，他們預演了好幾次，雖然難免忙中出錯，但仍能險險地將過錯彌補過來。

她一邊想著，一邊往舞會會場走去，還沒進入會場，遠遠就聽見音控組在測試音效。

林雨恩不疾不徐地從後頭工作人員出入的門走進會場，她一一檢查那些預演時曾經出錯的地方，身邊的人來來去去，她矮著身子檢查電源線，一不小心就撞倒現場布景。

她急忙伸手要扶，一旁卻有人手腳比她更快，搶一步伸手扶住了布景，她抬頭望進了一雙靛黑的眼眸，不知道是誰，恰巧在此時打開電源，布景上懸掛的小燈泡霎時亮了起來，那雙眼眸裡閃爍著星星。

「小心。」他說。

她傻愣了一瞬間，那人居高臨下地看著她。

林雨恩不太確定那段時間有多長，只知道兩人互相凝視了好一會兒，他才徐徐收回手，轉身離開。

舞會很快就開始了，依照慣例，負責開舞的是每一屆的系學會會長。

江嘉瑜早就換掉了剛剛的T恤跟牛仔褲，身穿一襲合身的天藍色緞面小洋裝，她本來就膚色白皙，讓這顏色一襯更是勝雪無瑕。

江嘉瑜和那人像是一對完美無缺的璧人，步伐充滿默契，其他人是隨著音樂起舞，但他們卻讓流暢的樂聲完全只是背景，只為了襯托出兩人的共舞是那樣奪人目光。

「他們眞的很相配。」不知道什麼時候，阿勳走到林雨恩身邊，跟她一樣，眼神無法從那雙人身上挪開。

林雨恩轉頭看了阿勳一眼，忽然明白了什麼事情。

「學長叫什麼名字啊？」

「魏辰學。」阿勳答得很快，臉上突然有一抹很淡的傷感，「有些事情，妳如果看出來了，也不要提。」

「嗯。」像是你喜歡江嘉瑜這件事情嗎？

林雨恩沒有問，只是目光隨著江嘉瑜和魏辰學的翩然起舞，而感到心頭微動。

「爲什麼？」爲什麼別提？爲什麼不去爭取？

阿勳看著林雨恩，眼神裡只是笑。

「那樣的人，才配得上那樣的人。」

「也是。」阿勳說得語焉不詳，但是林雨恩點點頭。

那樣的人，才配得上那樣耀眼的人物。

他眼睛裡的燦亮星光，注定要爲了那個人綻放。

樂聲漸弱而止，那雙耀眼的人拉著手走回來，江嘉瑜臉上泛著紅暈，不知道是因爲熱，還是當眞嬌羞。

阿勳遞了一條濕紙巾過去，「擦擦汗，好臭。」

那抹嫣紅立刻從江嘉瑜的臉上褪去，她瞇起雙眼，「翅膀硬了是吧，不過就是個大二，了不起了嗎？」

江嘉瑜和阿勳槓了起來，場內響起第二支舞的曲子，是華爾滋。

江嘉瑜忽然轉頭對魏辰學說：「阿學，你跟學妹舞一曲吧。」

「不、不好吧？學長是學姊的男朋友……」林雨恩嚇了一跳，連連擺手。

魏辰學臉上沒有什麼表情，只是點點頭，然後對著林雨恩做出邀舞的動作，他沒說話，高大的身影忽然在她眼前彎下腰。

那一刻，她將他看得那樣清楚，那樣明白。

「去吧，只是跳支舞，不算什麼的。」江嘉瑜說著，一邊還喝著阿勳拿給她的雞尾酒，像是當眞全然不介意。

是的，不算什麼。

只是她的心爲什麼如此怦怦地跳著？她對上他的眼睛，那眼眸，讓她把手搭上了他的臂彎。

魏辰學淺淺地彎了彎嘴角，她明知道對方只是禮貌，可卻因此忘了呼吸。

這是浩劫。

林雨恩心裡忽然出現了一道聲音這樣對她說。

三拍子的曲調，他帶著她一路旋轉，他的手扶在她的腰上，分毫不差地密合著她的腰線。

「嘉瑜愛鬧，學妹不要放在心上。」魏辰學忽然開口，低沉的聲音淺淺地飄進她的耳裡。

眞奇怪，這麼吵鬧的地方，她竟然能把他說話的聲音聽得一字不漏。

「沒關係，我懂。」她說完，下意識地看向魏辰學。

那瞬間，他的眼神裡有些什麼一閃而過，兩人的鼻息交錯，溫熱的像是已經親吻。

她屏住呼吸，眼裡有些驚慌失措。

但他卻若無其事地轉開臉，像是從未感覺到什麼異狀，又像是從來不曾在意過眼前的這個人。

好像，在他剛剛扶住的布景下頭，與他四目相交的人，不是她。

第二章　緣分使我們巧遇

大風吹，吹什麼？吹跟自己沒有緣份的人。

林雨恩其實算是加入系學會了，雖然還沒填寫正式的入社單，但大部分的社員都已經認識她。下課後，大多數時間，林雨恩常來系學會幫忙大家做些雜事，或是幫忙江嘉瑜處理一些文書工作。

「雨恩，妳弄好了嗎？我們要去餐廳了喔。」

這天，她才處理好一份系辦來的新公告，阿勳就從門邊探進頭來。

「欸，你們在約會啊？」一旁正在核銷迎新舞會支出清單的阿寶學姊忽然抬頭問，眼光還在兩人身上來來回回掃視。

「家聚啦。」阿勳翻了個白眼，「雨恩沒車，我直接帶她過去。而且她是小瘋子的學妹，我惹得起嗎？」

林雨恩有點想笑，江嘉瑜明明就是一個這麼漂亮又精明的女生，卻被大家喊成小瘋子。

「也是。」阿寶學姊立刻就接受這個理由，「學妹好好玩，只有大一才有這麼爽的人生。」

阿勳乾脆走了進來，對林雨恩說：「妳先收東西，等會兒我帶妳過去，不用等小瘋子，她會跟學長一起。」

林雨恩動作停了一瞬，所以，魏辰學也會去。

舞會過後，她再也沒見過魏辰學，她知道，不應該這樣，可是她總是一直想起那一雙眼眸。

有些人，好像一出現在生命中，就可以知道那個人在自己生命中的地位。

愛情原本就只是憑藉著一種感覺跟衝動。

但是，這個人不是她的，所以她只能看著，就像看著一件永遠都買不起的昂貴衣服。

林雨恩低下頭繼續收拾東西。

阿勳並沒有察覺到她的異狀，逕自走到阿寶學姊身邊，看著那張核銷清單討論起來。

阿勳也是用這種態度默默看著嘉瑜學姊吧？收好東西後，林雨恩看著那道認眞的背影。

「學長，我好了。」她出聲喊。

「OK。」阿勳頭也沒抬，只是用手指著那張單據，繼續和阿寶學姊討論，「這條先留著，我對這東西有印象，明天我有空堂，我再去對對看。」

阿寶學姊一臉無所謂，「好啊，你願意幫忙我就可以走了。」

阿勳笑了笑，「說得很委屈的樣子，走了啦，都幾點了還不吃飯？」

「我等我男朋友啦。」阿寶學姊終於說出實話，對著他們扮了個鬼臉。

「呿，幹麼放閃？」阿勳轉頭看向林雨恩，「都弄好了嗎？我們就走嘍？」

「好。」

林雨恩向阿寶學姊打了聲招呼，便跟著阿勳離開系學會辦公室，並肩走在颳風的路上，秋天到了，傍晚總是特別涼。

兩人安靜地往停車場走。

阿勳腳長，走路的速度卻不快，林雨恩觀察了好一會兒，說：「學長，你其實可以不用配合我。」

他一愣，辯解似地答：「習慣了。」

「沒有別人在，我可以問嗎？」

像是沒料到這個問題，卻又好像對這問題不算意外，阿勳笑了笑，只是笑容有點苦澀，「妳問吧，別跟別人說。」

「為什麼要幫阿寶學姊做這些事情？」林雨恩停了一停，「其實盯著阿寶學姊把事情做好，並不算是嘉瑜學姊的工作範圍。」

阿勳停下腳步，林雨恩也跟著駐足，落葉在她腳底碎裂，細微的聲音從地面上傳來。

兩人面對面站著，阿勳再次笑了笑。

「因為我不希望有任何事情造成她的困擾，她畢竟是系學會會長。」他說，眼神裡有些茫然，「也許，我只是不想要她忘了我。」

是嗎？

林雨恩睜著明亮的眼睛，滿是困惑。

「那為什麼你會願意坦白跟我說？」林雨恩問得直接，也許是因為她早就察覺阿勳的心意，所以才能問得這麼爽快。

「我沒有跟別人說過。」阿勳嘴角上揚的彎度慢慢收起，垂下眼簾，與她的視線剛好對在一起。「但是，既然妳問了，我也不想閃躲，我相信妳不會告訴別人。」

林雨恩點點頭，「我不會說出去。」

他淺笑，「我如果沒有這點把握，也不會告訴妳。學妹，妳的眼睛看得太清楚了，這樣不是好事。」

「啊？」

「我以爲我掩飾得很好，原來只是沒有遇見妳這樣的人。」阿勳搖頭，「看來我還得再練。但是隱藏到大家都看不出來，是不是眞的是件好事？」

林雨恩沒有回答他的問題，只是想著那句話。

擁有一雙看得太清楚的眼睛，不是好事嗎？

如果可以一眼看清事情的發展，就不會走錯路了，不是嗎？

兩人各懷心事，居然誰也沒說話，默默相對站了好一會兒。

「說不定上天是刻意派妳來拯救我的，不然我快要悶瘋了。」阿勳自我解嘲，「記得別跟其他人說。」

「嗯。」

林雨恩想了想，終究還是問了，爲什麼看得太清楚不好？

阿勳伸手摸摸她的頭，「妳會有很多無謂的煩惱，就像是現在，妳不正爲了我的事情而覺得困惑嗎？」

「這不算煩惱。」林雨恩答得很快。

阿勳又笑，「但如果我每天都跟妳抱怨呢？」

林雨恩眨了好幾下眼睛，像是媽媽那樣的抱怨嗎？

看見她的遲疑，阿勳便說：「幸好，妳的嘴巴很緊，有些話，如果不知道說了會有什麼後果，那就不要說。有些事情，如果知道答案很糟，就不要問。」

「爲什麼？難道我們不應該盡力去扭轉那些糟糕的事情嗎？」她問。

林雨恩說完，腦海裡卻忽然浮現起魏辰學的模樣，如果對象是他，她會不會像阿勳這樣保持沉默？或者願意伸出手去爭取？

阿勳自然不會知道她現在在想些什麼，只是道：「因爲我們可以跟未來賭一場，賭我們總有看錯的那一次。」

阿勳說得很輕巧，但林雨恩卻忽然懂了一件事。

「學長，你的眼睛也看得太清楚嗎？」

若非如此，怎麼他的答案也會這樣透徹？

阿勳哈哈笑了起來，「我不敢自己這麼說，太狂傲自大了。」

林雨恩讓他的笑意傳染，也跟著笑了幾聲，但那笑，卻像是掠過湖面的清風，只能夠輕輕吹起漣漪。

兩人很快就到達餐廳，預定的位置上已經坐了兩三個人。林雨恩第一次見到這些人，阿勳走上前去熱絡寒喧，林雨恩跟在他身後，走到桌邊坐下來。

各自自我介紹後，她才知道這幾個人原來都是阿勳的學長。

阿勳的家族成員清一色是男生，就連跟林雨恩同屆的新生也是個男生。一群男生聊電動聊得很起勁，不玩電動的林雨恩無法加入話題，乾脆把跟圖書館借的書拿出來看，直到幾句男女對話聲傳入耳中，她才從書頁裡抬頭，看見江嘉瑜跟魏辰學一起走上前來。

林雨恩還沒揮手招呼，江嘉瑜已經先看到他們。

江嘉瑜很自然地選了林雨恩身邊的座位坐下，她今天穿著青春洋溢的牛仔短褲跟一件寬大的白色雪紡上衣，纖細的身型讓上衣襯托得更加瘦弱，也讓她身旁的魏辰學顯得更加高大挺拔。

「不好意思，遲到了。」江嘉瑜道歉。

「沒差，你們家的人除了學妹準時，其他都遲到。」阿勳不客氣地說。

「啊，傳統嘛傳統。」嘉瑜哈哈大笑，並未眞覺得有什麼抱歉。

眾人聊了起來，林雨恩不怎麼專心地聽著，手指一邊隨意翻動書頁。

「人間失格？」

魏辰學忽然開口，林雨恩迎向他的目光，有些緊張，但還是嘴角微揚。

「嗯，只是看著玩的。」她說。

這時卻看見魏辰學的眼裡迸發出淺淺的光彩。

「會把《人間失格》當成打發時間的書，妳也挺有趣的。」

林雨恩愣了一瞬，不知道這句話應該要怎麼回應，卻又聽見他說：「妳知道日本每年的畢業生，有多少人研究太宰治嗎？」

他的口氣跟語調很平常，跟她討論《人間失格》跟太宰治時，就像是在討論某部電影跟某個導演，她在他的眼神跟口氣裡漸漸迷失。

她可以那麼清楚地看見他每一個動作，他喝完水後，會下意識地抿唇，單薄的唇緣閉成了一條直線；眼神裡的光芒會隨著他說話時而閃動；還有，他會下意識地摸著自己襯衫袖口的扣子，指甲修剪得很整齊，好看的修長手指沿著鈕扣邊緣畫圈。

林雨恩偶爾也會插入幾句話，但那不過是刻意的提問，只是不想讓他看出自己眼睛裡的欣賞，不想讓兩人之間產生尷尬。

魏辰學還沒跟她聊完太宰治的生平，林雨恩家族的另外兩個學長也帶著家眷出現了。當然也是一疊聲的抱歉，江嘉瑜笑了兩聲，沒有這麼容易就放過遲到的學長，只叫林雨恩盡量挑貴的點，反正兩個學長聯合請客，吃得起。

林雨恩失笑，江嘉瑜的口氣簡直像是要她點個全餐。

「妳挑妳想吃的點就可以了。」魏辰學忽然這樣對林雨恩說。

「阿學，你怎麼拆我的台？」江嘉瑜有點不滿意，噘著嘴抱怨。「今天本來就是大二大三的要請客啊，學妹吃貴一點也沒關係。」

林雨恩覺得有點尷尬。

其實她想吃的餐點剛好眞的不太貴，本來要是魏辰學沒說那句話，她就算點個最便宜的餐點，江嘉瑜也不會說些什麼；但現在兩人都這樣各自發話了，她點了什麼菜，好像就將會是一種表態。

到底是要選江嘉瑜，還是選魏辰學？

林雨恩的眼神在兩人臉上游移，眼角餘光剛好覷到阿勳，她靈機一動，轉頭問：「學長，你有沒有什麼推薦的？餐廳是你選的，你肯定知道什麼東西好吃吧？」

阿勳愣了一瞬，江嘉瑜還有些氣，但魏辰學已經低笑出聲，眼神投向林雨恩，恰好與她對上。

林雨恩在他的笑意款款裡，看見了然。

他懂她。

懂她爲什麼要這樣問，懂她用這種方式不知不覺地化解了他們的小衝突。

她忽然覺得自己的心臟猛烈地跳動。

阿勳回過神來，用指節敲了敲林雨恩的額心，然後打開菜單，搖頭嘆氣。

「這一個兩個都是些什麼貨色啊？不是太蠢就是太精明。」

江嘉瑜把手架在阿勳的頸子上，「我怎麼覺得你這話裡意有所指啊？我是太蠢的？還是太精明的？」

「是嗎？怎麼就妳聽出來了呀？」要比四兩撥千金，阿勳也是練得很爐火純青。「妳是急著拉椅子對號入坐呢？還是只是想遷怒於我？」

「好了，點餐吧，大家也都該餓了。」魏辰學打斷兩人的抬槓，「如果有什麼推薦的菜色，乾脆說出來讓大家都參考參考。」

「好。」阿勳指著菜單說了幾道菜，有辣的，也有不辣的，看來確實是爲家聚做了不少功課，他當然不可能每一道都吃過，不過上網查查食記還是辦得到的。

眾人討論了一陣，陸續決定了餐點，再由阿勳統一到櫃臺去點餐。

江嘉瑜還有些不開心，林雨恩看了魏辰學一眼，輕輕搖了搖江嘉瑜的手臂。

「學姊，這是我第一次家聚，不要生氣啦。」林雨恩口氣溫軟，「學長也只是不想讓我難做人。」

「那妳的意思是我想讓他難做人了？」江嘉瑜衝口而出。

林雨恩不敢回頭看魏辰學的表情，「不是啦，是我不太會說話……」

只聽見魏辰學深呼吸的聲音傳來，像是生生地壓下想說的話，氣氛一時之間倒是真的尷尬起來。

這時候阿勳剛好回來，眼神掃了大家一眼，若無其事地開口：「幹麼幹麼？少了我就不會聊天了是不是？」

餐桌上冷了幾秒，不知道是誰笑了出聲，僵局瞬間破冰。

阿勳回到座位坐下，對著眾人提議：「吃飽飯後來玩個桌遊吧？最近有個很不錯的遊戲欸。」

這個話題一開，大家紛紛加入討論。

林雨恩有點佩服一句話就解決僵局的阿勳。忽然她放在口袋裡的手機震了震，拿出手機一看，居然是阿勳發給她的訊息。

下次他們發生爭執的時候，妳不用搭進去，這樣局面更僵。這不是妳的錯，交給我來處理就好。

林雨恩從手機裡抬起眼睛，恰巧對上魏辰學的探問目光。

她想說些什麼，但是魏辰學已經轉開眼神，側耳聽著江嘉瑜跟阿勳的對話。

林雨恩心裡有些悵然若失，隨即又被人群的嘻笑聲轉開注意力。

剛剛的小小衝突很快就煙消雲散，阿勳確實很會主導談話方向，聊的話題都有趣的讓人幾乎忘了要吃喝東西。林雨恩專心地聽著眾人談話，盡量不讓自己去注意魏辰學，但還是會從餘光裡看到魏辰學幫著江嘉瑜處理一些小事情。

像是在小盤子上倒入一點蕃茄醬，或者是在她的湯裡灑入一點黑胡椒。

明明兩人才剛有些不愉快，他還能這麼細心地對待她，兩人的感情之好，自然不在話下。

但也因爲如此，林雨恩幾次與阿勳的眼神交錯，看見他用一種很淡然的眼神瞄著嘉瑜學姊，她忽然覺得心傷。

她很想知道，阿勳都是用什麼樣的心情看著他們，怎麼能這樣一直沉默注視著，而不伸手去爭取些什麼？

林雨恩心不在焉，想著很多問題，卻都沒有答案。

一餐家聚下來，林雨恩沒跟大二大三的學長變熟，甚至連人家的名字也記不住，她只知道，她跟阿勳之間好像多了一些秘密。

阿勳跟林雨恩約定，這幾天要是有空，要帶她去附近的下午茶店吃蛋糕。

「蛋糕？」她有點困惑，「爲什麼要帶我去吃蛋糕？」

「有什麼不好嗎？我看妳剛剛吃蛋糕的時候很開心啊，我想妳應該也是喜歡吃蛋糕的吧？」

林雨恩覺得很有趣，沒想到阿勳注意江嘉瑜的空閒時間還能留意到她喜歡吃蛋糕，這人的心思眞是多工作業，這麼一想，她爽快答應：「好啊，什麼時候？」

「過幾天吧，我訂好位置再跟妳說。」阿勳隨口說著，並不急著定下確切的時間。

林雨恩後來總想，這就是喜歡跟愛之間的差別吧？

一個是隨意爲之，一個是刻意爲之。

阿勳確實應該是喜歡她的，只是那種喜歡就是對普通朋友的喜歡；假如是江嘉瑜的話，他就不會是這樣的態度了。

她想著，不自覺地看向江嘉瑜。

魏辰學站在不遠處，不知道在跟江嘉瑜說些什麼，兩個人神情親密，像是沒吵過架，江嘉瑜伸手拉了拉魏辰學的手臂，魏辰學順勢牽住了她的手掌。

阿勳順著林雨恩的眼神看過去，淡然一笑。

「我有時候眞羨慕他。」

他？林雨恩把眼神收回來放在阿勳身上，等著阿勳的下文。

「我這麼認眞計算，才博得嘉瑜一笑，而他什麼也不用做，嘉瑜就能乖乖回到他身邊，她的笑他想要多少就有多少。」

林雨恩一開始讓阿勳的話繞得頭有點暈，但是略一思索就明白過來。她想說些什麼，偏偏江嘉瑜已經走到他們身邊，有些狐疑地看著她又看了看阿勳。

「暗通款曲？」江嘉瑜問。

阿勳很不給面子地翻了個白眼，「再怎麼說，這裡人這麼多，就算有什麼也該是明修棧道。」

「啊？所以你們眞的有姦情？」江嘉瑜的眼神很惆悵，「開學還不到一個月，小學妹就要被吃掉了。」

林雨恩被這種富有戲劇性的口氣逗笑，「沒有啦，我們只是看妳在跟學長聊天，不好意思去當電燈泡，所以就站在這裡。」

「嗯？」江嘉瑜的眼神在兩人臉上來來回回，最後才開口：「勉強相信一半，你們今天也是一起來的吧？」

還有這樣的？相信一半的意思，其實也就是不相信吧？

林雨恩不禁莞爾，沒有回答江嘉瑜的問題。

江嘉瑜也沒再繼續追問，只說：「好吧，那你們繼續明修棧道，我跟阿學要先回去了。」

「我們也差不多要走了。」阿勳接話，看著林雨恩，指了指她的包包。

林雨恩有些疑惑，但阿勳什麼都沒跟她解釋，只是把江嘉瑜拉到另外一邊討論事情。

「阿勳的意思是，後續用手機聯絡。」魏辰學站在林雨恩的左斜前方，淡淡地說了這句話。「你們有約？」

林雨恩有些困惑地把手機從包包裡拿出來，打開剛剛阿勳傳給她的訊息畫面，遞到魏辰學眼前，他略微不解但還是伸手接過，往螢幕一看。

今年的秋天來得特別早，明明只是九月底，卻已經颳起了涼風，落葉輕飄飄地讓風吹動，林雨恩抬起手壓住自己被風吹亂的髮。

「阿勳是個不錯的人，妳不用太介意嘉瑜說的話。」魏辰學把手機還給林雨恩。「還有，我知道他喜歡嘉瑜，但那是喜歡還是迷戀，說不定連他自己都分不清楚，妳不用爲他覺得尷尬。」

林雨恩簡直被嚇傻了。

「學長，你……」她一時之間，腦子裡頭竟然想不出任何適合的詞彙。

難道要說他鐵口直斷嗎？

「我是男人，別人喜歡我的女朋友，我怎麼可能不知道？」魏辰學淡淡一笑，「只是重點不在他身上，重點是江嘉瑜喜歡誰。」

眞、眞有自信啊……

「你眞冷靜。」林雨恩小小聲地說。

冷靜的都不像是愛了。

魏辰學看了她一眼，抬抬嘴角，「不，我不是眞的冷靜，是後天學會的。」

他的話只說到這裡，江嘉瑜跟阿勳已經走了回來。

只有幾步路的距離，然後她看著魏辰學站到江嘉瑜身邊，再看著阿勳站到自己的身邊。

很像小時候玩過的大風吹遊戲。

大風吹，吹什麼？吹跟自己沒有緣份的人。

她看著他們的背影離開，腦子裡頭忽然浮現了這句話。

「學長剛剛跟妳說了什麼？」阿勳追問。

林雨恩想了想，終究沒有把魏辰學跟她說的那些話告訴阿勳。

她可以理解阿勳是多麼喜歡江嘉瑜，也可以理解，阿勳是打從心裡覺得江嘉瑜應該要跟魏辰學在一起。

只有魏辰學，他才會輸得心甘情願。

「學長跟我說，有時候嘉瑜學姊只是愛鬧，讓我別放在心上。」林雨恩挑了些不算謊話，卻也不是重點的事情說。

阿勳點點頭，「其實妳也早就知道啦，嘉瑜就是這種個性，才讓人這麼喜歡。」

林雨恩笑著同意。

是啊，江嘉瑜就是這樣亮眼討喜的女孩，林雨恩才會覺得她站在魏辰學的身邊，絲毫不遜色。

只是，只是……

她深吸了口氣，把那些念頭丟到身後去。

那天晚上，阿勳送林雨恩回家，她很意外地看見屋子裡的燈是亮的。

亮白的日光燈透出玻璃映照在路上，時間不算晚，但巷弄裡已漸漸沒有人車。

「啊，我阿姨可能在等我，那今天就先這樣。」林雨恩看著那扇透光的窗戶，迅速脫下安全帽，還給阿勳。

「OK。」阿勳收好安全帽，「那就LINE聯絡，晚點我跟妳確定時間，然後再去預約下午茶店。」

林雨恩有些心急，「好，那掰。」

阿勳道了聲再見，沒多說什麼就騎車離開。

林雨恩拿出鑰匙打開大門，果然阿姨已經在屋裡煮好了花草茶，空氣裡瀰漫著安撫人心的氣味。

「阿姨。」她放下包包，坐了下來，「妳在等我嗎？」

阿姨微笑，「剛好在店裡整理東西，想說跟妳聊聊天，問問妳最近好不好，所以就等了一下。」

「那怎麼不打手機給我？」

阿姨把溫熱的花草茶推到林雨恩面前。

「年輕人出去玩，家裡長輩一直打電話可不是什麼好事。」阿姨笑，「而且我也沒有什麼事，等一等沒關係。」

林雨恩端起花草茶喝了一口。

「這是玫瑰跟洋甘橘，幫助消化跟助眠，不怕喝了睡不著。」阿姨解釋完，眼神往門外一飄，「剛剛那位是妳男朋友嗎？」

林雨恩一愣，差點沒把嘴裡的茶噴出來。

「不是啦。」林雨恩笑個不停，好半晌才停下來跟阿姨說了阿勳的暗戀故事。

阿姨聽完後，想了好一會兒。

「其實，年輕的時候，愛上什麼人都是無可預料的，不妨可以放手一搏。」

林雨恩有點意外地看向阿姨。

「趁早受傷，會看清楚很多事情。」阿姨喝了口茶，「你學姊的男朋友也沒說錯，那是愛，還是迷戀，其實很難分得清楚，最好的方式就是試著交往看看，很快就可以知道答案。」

林雨恩有些納悶，「可是，嘉瑜學姊已經有男朋友了。」

「還沒結婚都不算定數啊。」阿姨嘻嘻笑著，「何況結婚都能離婚了。」

「是嗎？」

「不過，這種事情，我們不是當事人，怎麼都看不清楚的。」阿姨輕嘆口氣，「妳也不要過度介入，那是他們的問題，你學姊說不定也不是什麼都不知道。」

玫瑰的香氣從壺裡蔓延開來，溫熱花草壺的蠟燭熄滅後，留下一股餘味，混著玫瑰香，顯得有些苦澀。

阿姨的手很小，細緻的手指提起茶壺時，像是一件藝術品。

這麼安靜的氣氛，林雨恩忽然脫口而出：「那如果，我喜歡那個和學姊在一起的學長呢？」

她早知道自己對於魏辰學的心意，只是一直壓著，因爲江嘉瑜才是比她更合適他的人，但如今阿姨這麼說，卻讓她有些疑惑了。

她可以嗎？

她的念想，也可以有機會成眞嗎？

「是嗎？」阿姨的動作絲毫沒有停頓，好像她剛說的話有多麼合理正常，等了幾秒之後才問：「那妳想要怎麼辦呢？」

阿姨抬起眼，望進林雨恩的眼眸。

林雨恩沒有想過，事實上她只是喜歡這個人，不知道自己下一步應該要怎麼辦，不知道是不是可以像阿姨說的那樣去嘗試，更不知道自己是不是可以像阿勳那樣，只是在一旁靜靜地看著。

她想了很久，依然只能說：「我不知道。」

「想不出答案的話，就等著吧，時間可以說明一切。」阿姨嘴角微彎，但林雨恩卻看不出來這個表情是什麼意思。

她以為阿姨會再跟她多說些什麼，但阿姨只是起身把花草壺沖洗乾淨，然後叮嚀了一些生活上的瑣事。

林雨恩洗過澡，躺在床上。漸漸安靜下來的夜晚，窗外有微風入室，吹得窗簾翻飛。

在黑暗的房間裡，她慢慢睡著。

睡前的最後一個念頭是：是不是如果她喜歡上的是阿勳，或者阿勳喜歡的是她，所有的一切就不成問題了？

可是，為什麼現在就會是問題呢？

為什麼喜歡就像是一種注定好的事情，半點不由心呢？

認識了這麼多人，跟這麼多人認識了這麼長一段日子，她最後喜歡上的，卻是那個只見過一次面，跳過一次舞的男人。

家聚過後一週，阿勳問了林雨恩有空的時間，很快就定下下午茶的約會。

這一週，她的日子突然忙碌起來，一下課就得立刻趕回家裡，阿姨準備要出國了，很多事情都需要她的幫忙。也許是這樣，阿姨沒有再追問過她有關阿勳或是魏辰學的事。

她暗暗覺得有些鬆了口氣。

學校的課業壓力漸漸加重，有些小報告要趕著交，她今天特地跟阿姨告假，跑到圖書館查了好久的資料，才總算把要交的報告弄了個七八成。

看了看時間，林雨恩抱著一疊影印資料，離開圖書館。

她跟阿勳約好在校門口見面，她一邊在腦海裡整理報告的順序，一邊往校門口前進。

「想什麼事情這麼專心？」阿勳忽然出現在她面前，「我在那邊叫妳，妳都沒聽見。」

林雨恩連眨了好幾下眼睛，「你嚇了我一跳。」

「這可不能怪我，我有叫妳喔。」阿勳笑著用指節敲了敲她的額頭，「就算在學校裡也還是有車子，要專心走路啊。」

「我在想報告的事。」林雨恩下意識地抬手摀著剛剛被敲痛的額頭。

「什麼報告？」阿勳邊聽著林雨恩的回答，邊領著她往機車走去。

兩人專挑陰影處走，就算天氣不熱，也沒人想曬太陽。

「那個報告我知道，等一下再詳細跟妳說，有些重點要寫到，分數才會高。」阿勳把安全帽遞給林雨恩，「我們先出發吧，下午茶預約的時間快到了。」

林雨恩戴上安全帽，跨坐上機車，一手扶住阿勳的肩膀，「我一直想問，爲什麼你想找我，而且只找我？」

阿勳回頭看了她一眼，「我記得我回答過這個問題。」

「但我覺得答案沒有這麼簡單。」

機車慢慢往前進，到了第一個路口，紅燈。

阿勳回頭答：「因爲今天是我生日。」

林雨恩拿到這答案，一路懵到了下午茶店裡都還沒回過神來。

「點餐啊，我請客。」阿勳伸手敲了敲桌上的menu，試圖把還在神遊物外的林雨恩給喚回來。

她看著面前的人，「還是我請客吧，我不知道今天是你的生日，什麼禮物都沒有準備。」

「不用，妳跟我一起吃飯就算是禮物了。」阿勳擺擺手，而後翻了個白眼，「妳能不能不要一副痴呆的樣子？不過就是個生日，誰沒有這一天？」

「但是……」她但是了半天還是什麼都沒說，投降地點了餐。

服務生很快收走menu，阿勳才嘆了口氣。

「說妳看得清楚，現在倒是又跟普通人一樣了。」

「我本來就是普通人啊。」林雨恩嘟囔著，「普通人的生日都是跟喜歡的人一起過的。」

「妳又抓到重點了。」阿勳托著臉對她笑。

「啊？」她眞的已經讓阿勳繞得一頭霧水了。「學長，我知道你不是普通人，可是我是，所以可不可以說一些我聽得懂的話？」

阿勳淺淺笑著，林雨恩有點受不了這種故弄玄虛，但是又覺得，其實阿勳並不比魏辰學還要差，不管是個人魅力或者是口才學識，如果他正面與魏辰學交鋒，很難說江嘉瑜會選誰。

只是阿勳的光芒是隱晦而不明的，像是剛入夜的星子，不仔細看，可能會注意不到，而魏辰學的耀眼卻像是雨後的彩虹，讓人滿心嚮往。

「你有沒有想過，如果我今天找嘉瑜出來過生日，會有多麻煩？」他笑著問。

「啊？」林雨恩偏著頭，「你擔心嘉瑜學姊會拒絕你？」

「不，我擔心她找一票人幫我慶祝。」這次阿勳倒是很直接了當，「但我不想，就只有今天，我不想擔任主導氣氛跟對話的角色，我累了。」

林雨恩微微頷首，如果是這樣，她就懂了。

只是他依然沒有回答她的問題。

爲什麼是她？

阿勳笑了笑，視線落向桌面，林雨恩這才注意到服務生送來了蛋糕跟茶。

等到服務生將餐點都放置好，並且替他們兩人各斟了一杯八分滿的熱紅茶，轉身離開後，阿勳才說：「因爲只有妳知道，所以想找妳吃飯。」

林雨恩想了想，「因爲我不會說出去嗎？」

「而且因爲妳不會問太多。」阿勳微笑著答。

林雨恩看著從見面就一直帶著微笑的阿勳，很想知道他的心裡是不是眞的開心？

他臉上的笑容是眞的，還是裝的？

或者是，笑的太久了，就變成了一副面具，即便心裡沒有笑的情緒，那微笑看起來還是這麼眞實。

桌上精緻的九空格容器裡裝滿了各種點心，伯爵紅茶的氣味也很迷人。

「吃吃看吧，聽說很好吃。」阿勳出聲催促。

她拿起叉子，猶豫不決，「學長，是不是把我當成了嘉瑜學姊的替身？」

阿勳本來已經捻起了一粒馬卡龍準備送入口，聽到這問題先是愣了一愣，隨後大笑出聲。

「永遠不會有男人認錯自己愛的女人，也沒有任何女人可以取代男人心中的那個獨一無二的存在。」他一直掛著微笑的唇角慢慢落了下來。

林雨恩微微點頭，「那就好。」

「好什麼？」阿勳失笑。

「我怕你因爲衝動而跟自己不愛的人在一起。」林雨恩很坦率地看著阿勳。「幸好，你不會。」

他傻了幾秒，大笑起來，「學妹，妳套我話啊？」

林雨恩抿抿唇，似笑非笑，「我只是想知道眞相。」

「好傢伙，枉費我還請妳吃下午茶。」阿勳笑得很燦爛，「不過我還是第一次遇到有人這樣套話的，學妹你不應該念什麼歷史系，妳應該去讀警校還是軍校，就妳這套話的手段，肯定很快就可以進入什麼情報部門了。」

「我第一次聽到有人覺得我應該去念警校跟軍校。」林雨恩笑著搖頭。

兩人開始閒聊，從江嘉瑜跟魏辰學一直聊到了課堂報告，甚至聊到阿勳當初是怎麼喜歡上江嘉瑜的，直到下午茶用餐時間結束，服務生客氣而有禮地請他們離開，還有些意猶未盡。

林雨恩想搶帳單，哪知道阿勳比她更眼明手快。

「小學妹，妳還差得遠呢！」他用夾帶帳單的板子輕輕敲了林雨恩的頭。

這樣深入聊過一場，林雨恩跟阿勳之間的距離忽然拉近了不少。要說本來只是有種對方是同類的感覺，現在就是兩人不僅同類還是同文同種。

當然，人一旦距離拉近後，語言上的往來也就不會再那麼客氣。

林雨恩愣愣地看著自己撲空的手，「學長生日，讓我請客啦。」

「不行，哪有讓女生付錢的道理？」阿勳又敲敲她的頭，「而且店是我選的，妳要請客等下次吧。」

他說完，很瀟灑地走到櫃臺去，林雨恩只能默默跟在他身後，聽見結帳人員報上金額後，她嚇得咋舌。

不過是下午茶啊，竟然可以到這種數字？

阿勳結完帳，看見林雨恩一臉驚嚇過度的模樣，一時沒忍住又笑出聲。

「怎麼樣，是不是覺得還好剛剛沒搶到帳單？」他打趣地問。

「不，我想的是，這間店怎麼不去搶？」她脫口而出，卻聽見服務人員在她身後噗哧一聲地笑出來。

林雨恩尷尬到了極點，阿勳卻笑個不停地推著她往外走。

黃昏，金黃色的陽光灑在她的腳下。

「下次我不要來了。」林雨恩摀著臉哀嚎。

「沒關係啦，通常服務生的替換率都很高的。」阿勳一邊牽機車，一邊安慰她。

林雨恩扁著嘴，一臉想哭。

「走吧，妳還想去哪裡？」阿勳發動機車，問著林雨恩。

她搖搖頭，還在想剛剛那句愚蠢的話。

「那就上車吧，我們邊走邊想。」

實在是阿勳上揚的嘴角太過燦爛，讓林雨恩氣不過，對他扮了個鬼臉才上車，他又徹底被林雨恩逗樂，一邊笑一邊騎上馬路。

「你不要笑了啦。」她輕拍著阿勳的肩膀抱怨。

阿勳下意識地回頭看她，「今年生日應該是我這幾年過得最開心的一次了。」

林雨恩還沒想到要用什麼話回他，卻已經失去平衡，耳邊同時響起撞擊的巨響，那一瞬間，她腦子裡頭一片空白，看著阿勳跟她一起斜飛出去，四周的路人尖叫聲異常刺耳。

第三章　愛情的模樣

她可以收藏他的每一種表情，可是卻不能得到他。

一個女人衝到林雨恩和阿勳面前，尖聲地問：「你們還好嗎？」

林雨恩看了看她，又低頭看著自己的腿，從牛仔褲的裂口處清楚見到血跡斑斑，傷口還混雜著砂石。她有些驚嚇過度，愣愣地看著那個女人，什麼話都說不出。

那個女人又風風火火地跑開，林雨恩轉頭看向阿勳，他也有些回不了神，兩人面面相覷，她聽見那個女人緊張地打手機叫救護車過來。

不久，尖銳的鳴笛聲一路把他們送進了某大醫院的急診室。

經過醫師診斷，他們都傷得不重，就是事情發生的太突然，都有點嚇傻了倒是眞的。

原來剛剛那個女人是肇事者，她很懊惱，因爲阿勳的機車幾乎全毀，修車費加上醫藥費，這筆意外開支可不小。

兩人留院觀察了一個多小時，覺得沒什麼問題後，醫生就讓他們回家休息，同時也叮囑了一些注意事項。

林雨恩和阿勳相互攙扶著離開了急診室，慢慢走到馬路邊，阿勳忽然笑了起來。

「才剛說完今年是我這幾年來最開心的生日，立刻就天降大難。」

「我倒覺得我們很幸運。」林雨恩看了看他，又看了看自己，「都只是皮肉傷，會好的。」

阿勳習慣性地聳聳肩，卻因牽動傷口而疼得齜牙咧嘴，「走吧，我們去吃飯。」

林雨恩看著自己一身血跡，有些好笑地問：「這樣去吃飯，學長想嚇死誰？」

他順著她的眼神看過去，不由得道：「也是——」

「你們兩個怎麼……」魏辰學的聲音忽然響起，眼神上下打量兩人，他的聲音沉了沉，「出什麼事了？」

「出車禍。」阿勳苦笑。

魏辰學頷首，目光停留在林雨恩的腿上，「傷得不輕啊，傷在膝蓋上，妳能走嗎？」

「勉強可以。」她其實覺得有些難爲情，她不想出現在他面前的時候是這麼悽慘的情況。

魏辰學又看了看阿勳，「你也挺慘的，我先送你們回去，吃飯了嗎？」

「還沒。」阿勳搖頭，「我們正在討論這件事。」

「先回去換身衣服吧，換好了之後再去吃飯。」魏辰學看著兩人沾滿血跡的衣服，立刻下了決定。

他一邊說著，一邊伸手招了輛計程車。

阿勳率先坐進副駕駛座，林雨恩跟魏辰學自然就一起坐在後座。

「往哪裡走？」司機先生問。

阿勳想了想，林雨恩的家離這兒比較近，便問了她的地址，先讓她回去換衣服。

「學長怎麼也在這裡？」林雨恩說完地址後，忍不住問。

「這附近有一間二十四小時營業的書店，我來找書。」

「那嘉瑜學姊怎麼沒跟你一起？」

她問得很理所當然，但魏辰學卻轉頭看著窗外，安靜了幾秒鐘，才開口答：「她有事。」

林雨恩皺了皺眉，眼角卻對上阿勳回頭看過來的眼神，阿勳對她搖了搖頭，示意她不要再問。

她雖然不解其意，但還是順從地點點頭，沉默下來。

車子很快就到了她家，魏辰學替她開了車門，「阿勳，你在這裡等，我扶她進去。」

林雨恩開了門，魏辰學托著她的手肘，一路將她扶到房間裡。

他的手熱，握著她的臂彎時，令她有些不知所措。

「我在門外等妳，有事叫我。」魏辰學讓她坐在椅子上，便退出房間。

她臉上還覺得熱辣辣的，分不清是剛剛出車禍讓她心跳加快，還是剛剛讓魏辰學扶著手肘所以喘不過氣。

她深吸了幾口氣，慢慢從椅子上起身。她大多傷在腿上跟手上，這種情況當然不能繼續穿牛仔褲了，她小心翼翼地褪下已經撕裂的褲子跟衣服，換上輕柔寬大的裙裝。

她一步一頓地走到門邊，打開門，魏辰學轉過眼，伸手要扶她的動作停了一瞬，才又繼續。

林雨恩察覺到他的反應，有些困惑地輕聲問：「有哪裡不對嗎？」

「沒有，只是覺得妳穿長裙滿好看的。」魏辰學淡淡地說著，「很適合妳的氣質。」

她臉上緋紅，第一次讓喜歡的人這麼直言稱讚，她連眨了幾下眼睛，才細若蚊蚋地說：「謝謝。」

魏辰學沒再多說些什麼，只是扶著她的手肘慢慢地帶著她下樓。他的動作很輕柔小心，像是在保護著什麼稀世珍寶。

到了阿勳家，魏辰學本來也要扶阿勳進門，但阿勳死活不要，魏辰學只好陪著林雨恩在車上等著。

林雨恩看向魏辰學的側臉，很想問他是不是跟江嘉瑜吵架了？

但一來阿勳要她別問，二來……她也不知道如果知道了答案，應該要怎麼接話。

她左右琢磨，最後什麼也沒說，只是看著他的側臉，看著窗外的街景。

他離她這麼近，但她卻不能伸手握住他。

以前上國文課的時候，老師常說詩人移情於景，她現在覺得的確是這樣沒錯。

就像現在，明明他只是安靜地坐著看向窗外，可是她就覺得他看起來好寂寞、好寂寞。

「妳跟阿勳的感情看起來不錯，有發展的機會嗎？」魏辰學忽然問。

他轉過臉，剛好對上林雨恩的眼眸。

她的慌張映入魏辰學眼底，他有些錯愕。

「不、不可能的。」她急忙解釋，「那個，阿勳學長喜歡的不是我。」

「那妳呢？」

林雨恩心跳加速，「我……我喜歡的也不是他。」

「是嗎？」

魏辰學的眼神銳利的讓她別開了眼，她眞怕，眞怕他看出來自己喜歡的人是誰。

「太可惜了，阿勳很適合妳。」

林雨恩忽然覺得惱火，於是垂下眼簾。

其實魏辰學根本就不關心她和阿勳是否彼此合適，他關心的只是——阿勳如果有了女朋友，是不是就會放棄江嘉瑜？

「我沒有別的意思，妳不要誤會。」魏辰學又開口，「只是我第一次看到他跟其他女生一起出去，所以多問了幾句。」

林雨恩有些愣住，傻傻地抬眸。

所以，魏辰學到底是知道她在想什麼，還是不知道？

但她終究沒研究出來，所以只能搖搖頭說：「不可能的，我們太像了。」人通常不會喜歡上跟自己太相似的東西，也許這是某一種自我嫌惡。

魏辰學帶著他們去吃飯，又把他們一一送回家，驚險的一天就這樣結束了。臨走前魏辰學還留了手機號碼給林雨恩，要她如果有事可以打給他。

林雨恩回到家，用濕毛巾把手腳臉擦拭乾淨，按照醫生的指示吃了藥，手裡握著手機，躺在床上休息。看著手機螢幕上的那組號碼，她心裡忽然有些動搖。

可以嗎？找個理由打過去道謝，聽聽他的聲音？

但是，要說些什麼呢？

她猶豫了一會兒，終究放棄了。看著螢幕暗去，想起了他跟江嘉瑜站在一起的模樣。她沒有競爭的資格。

林雨恩想著，已經有些恍惚，將睡未睡之際，一直握在手上的手機卻響了起來。她看見手機螢幕上的來電顯示，整個清醒。

魏辰學？她的心臟忽然猛烈跳動起來。

林雨恩深吸了一口氣才接通電話，「喂？」

大約是聲音已經帶著睏意，魏辰學微愣，問：「妳睡了？」

「沒有，不過差不多了。」她選擇誠實以告，那聲音實在騙不了人。「學長有什麼事嗎？」

魏辰學說：「我只是想問妳明天要怎麼去上課？」

「啊……」她還真沒想到，「可能，搭公車吧？」

她自己說完都覺得這答案不太靠譜，就她現在這種殘廢樣，搭公車是想要爲難誰？

魏辰學在手機那頭也發出了輕微的笑聲。

林雨恩愣了幾秒，無法理解他在笑什麼，但是卻覺得這樣眞好，能夠聽見他的笑。

「我明天去接妳上課。」魏辰學忽然開口。

「啊？」她嚇得提高音量，結結巴巴地說：「不、不、不好吧？」

魏辰學又讓她這種口氣給逗笑，聲音微含笑意：「你是嘉瑜的學妹，我多照顧一點也是應該的。」

噢……是的。

「嗯，那……」她嘴角還有些彎度，但心底已經沒了激動。

是啊，她還有什麼好想的？

「妳明天幾點的課？」

「十點。」

「那九點我去接妳。」

「好，謝謝學長。」

「應該的，那妳早點休息吧，明天見，晚安。」

「晚安。」

對話結束的如此迅速，讓她就算想要失落，都不知道從哪裡開始。

心頭一直蔓延的那股愁緒，加上白天出車禍的驚嚇猶存，使得她做了一晚上的惡夢，醒來的時候全身酸痛得差點下不了床。

她看了看時間，其實還算早，按照她現在的慘狀，也許不要去上課更好。

林雨恩躊躇了一會兒，最後還是掙扎起身，簡單梳洗，她看著鏡中自己的蒼白面容，第一次覺得該試試化妝了。

簡直可以去演貞子了，她摸了摸自己的黑眼圈。

可惜，書到用時方恨少，化妝品也是。

她平常就沒有化妝的習慣，這時候就算手邊有腮紅，大概也不知道要怎麼使用……

想了想，她拍了拍自己的臉，又捏了捏，讓雙頰看起來不要這麼慘白，至於那一雙黑眼圈，實在沒辦法解決，只能算了，反正嚇人的地方還多著呢。

像是她的手肘跟膝蓋，被層層綑帶包紮的活像是骨折。

她才整理好上課要用的課本，手機就響了起來，原本以爲是鬧鐘，沒想到是魏辰學來電，不是離約定時間還有半小時嗎？

「喂？」她困惑地接起了電話。

「妳醒了嗎？」

「醒了。」

「我在妳家樓下。」

「咦?!」林雨恩一下子慌了手腳，「那我現在去幫你開門！」

「不急，慢慢來。」魏辰學一頓，又吩咐：「妳別掛電話，就這樣保持通話狀態。」

啊？林雨恩被這個要求弄得有點頭昏腦脹，但是魏辰學突然這麼過來，讓她根本無暇深思這個奇怪的要求究竟是爲了什麼。她滿腦子只想著，幸好她習慣提早起床準備，否則現在豈不是要讓他空等了嗎？

「爲什麼要保持通話狀態？」手機拿在耳邊，不說些什麼好像有點怪怪的。

「要是妳在移動過程中發生什麼意外，我還能破門而入。」

魏辰學的聲音從手機傳入她的耳中，林雨恩愣了一會兒，她不知道是要魏辰學別詛咒她，還是要心折於他的細心？

但最後她只是微微地笑瞇了眼，她喜歡他的溫柔，更喜歡他爲她著想。

「那，學長想要怎麼破門而入？」她笑著問了這麼一個很假設性的問題。

「叫消防隊來。」

魏辰學說著這句話時，林雨恩已經把門給拉開。

兩人相視幾秒，林雨恩略略側身，問：「學長要進來嗎？」

「嗯。」魏辰學的眼神把她從頭到腳掃視一遍，「妳看起來很糟糕。」

林雨恩傻笑著摸了摸臉，等魏辰學進屋後，關上了門。

「我帶了早餐過來，我想妳應該不可能再去早餐店人擠人了。」

她又傻了，「這是學長提早過來的原因嗎？」

「嗯。」

魏辰學答得很簡單，將早餐放在桌上，「不知道妳想要吃什麼，所以就隨便買了一點，我想妳應該不至於會在這種時候挑三撿四。」

林雨恩慢慢落坐在他對面，魏辰學的口氣沒有惹惱她，只是，她想知道——所以曾經在這種時候挑三撿四的是江嘉瑜嗎？

眞好啊，能夠任性。

「謝謝學長。」她拿著那份火腿蛋土司，沒開動，只是好奇地看著魏辰學，想從他的臉上找到疑問的答案。

「我昨天跟嘉瑜吵架。」魏辰學淡淡地說：「所以你學姊還不知道妳出車禍的事情。」

「啊？爲什麼？」

魏辰學大概是不想要回答這個問題，用指節敲了敲桌面，「妳快吃吧，吃完了吃藥，妳臉色很差，眞的能去學校上課嗎？」

林雨恩聽話咬了一口土司，卻心不在焉。

魏辰學看著她一張明顯就是想要提問的小臉，卻不願意她就這個問題繼續深思下去。說到底，他跟嘉瑜的事，不需要讓別人知道，也不想讓別人插手。他之所以會跟林雨恩解釋，不過是不想讓她因為他的到來而想歪了。

只是這樣而已。

魏辰學開口轉移話題：「妳昨天晚上沒睡好？」

「啊？」林雨恩從自己的思緒裡頭讓他喊醒，「什麼？」

魏辰學很有耐心，又問了一次。

林雨恩有些猶豫，喝了口奶茶之後才說：「可能是有點嚇到，做了整夜惡夢。」至於其他的原因，如果我不提，你也就不會知道。

這樣的話，對我們都好。

吃完早餐，兩人便繼續閒聊，魏辰學對那些花花草草很感興趣，就多聊了幾句。直到時間差不多了，林雨恩回房間拿包包，眼角瞄見自己手做的一張書籤正躺在書桌上，當初意外撿到了一片四葉幸運草，便順手製成書籤。

她平時看書很少用書籤，所以這張書籤做來也就一直只是擺在書桌上。

想起方才魏辰學似乎對那些花草頗有興趣，林雨恩把書籤握在手裡，小心翼翼地下了樓，魏辰學已經把桌子收拾乾淨，正拿著抹布擦拭。

「學長。」

她喊了聲，正彎腰擦桌的魏辰學略略側臉，空氣裡還有一點早餐餘留的香味，他的輪廓邊緣，讓陽光圈出了一框的金黃，像是讓誰用螢光筆畫記了重點，讓她不能忘。

這個早晨，這個畫面，她會記得一輩子，就算未來她可能已經不記得這人叫什麼名字。可是她會記得，曾經有個自己喜歡的人這麼關心她。

「還好嗎？」魏辰學看了看她的腿，走到她身邊，伸手輕輕握住她的臂彎，惹得她屏息。「先吃藥吧，你今天要回醫院換藥吧？」

「嗯。」林雨恩緩緩換了口氣，眞希望魏辰學可以一直這樣待在她身邊。她拿出書籤，問：「學長，你用書籤嗎？」

「書籤？」魏辰學讓她這天外飛來一筆問得有些意外，他停下動作看著她，「不特別用，但是也不排斥。」

林雨恩把那張書籤放在桌上，「那這個送給你，祝你跟學姊早點和好。」

魏辰學沒有伸手拿，只是看了一眼，心裡有些評估，而林雨恩只是等著。

窗外有機車的聲音呼嘯而過，像是驚醒了什麼似的，兩人同時動了一動。

「那就謝謝妳了。」

這東西實在是心意遠大於實際價值，拒絕顯得自己太過小家子氣，但收下卻又好像留下了什麼隱憂，這才使得魏辰學遲疑了好一會兒。

但終究只是一張書籤，上頭貼著精緻的小幸運草，甚至什麼字樣都沒有，在這個時候，他眞的想要一點這樣安靜的祝福。

他覺得，如果是眼前這個恬靜女孩給出的幸運草，也許眞的會讓好事發生。

林雨恩鬆了口氣，她眞怕，怕魏辰學不收。

「吃過藥我們就出發到學校去。」魏辰學拿起書籤夾進書裡，一面對林雨恩說。

兩人很快整理好東西，魏辰學扶著她的手肘上車，「妳晚上怎麼去換藥？」

「阿勳學長會跟我一起去。」林雨恩一邊忍著痛一邊說：「可能搭計程車吧，我還不知道。」

「那你們自己小心點，需要幫忙的話妳打手機給我。」

是不是我有什麼需要都可以打手機給你？林雨恩在心裡想著。她自然知道這是不可能的，只是就是這樣想想，都讓她覺得開心。

魏辰學說完這句話，就坐上機車，載著她往學校前進。

林雨恩一隻手扶著他的肩，一隻手抓著後座。他騎得很慢，感覺得出來是顧慮她，要轉彎或是路面不平時，他的車速又會再放慢許多。

兩人進了學校後，並沒有引起什麼關注。

本來也就是這樣，出車禍的大學生何其多，好像大學四年沒出點什麼意外都像是沒上學過似的。

但一進學校，魏辰學便明顯地刻意與她拉開距離，連話都沒跟她說上幾句，兩人出了停車場就分道揚鑣，各往各自的教室前進。

林雨恩走了幾步，忍不住回頭，魏辰學的背影已經離她很遠很遠。

她愣了一瞬，不知道該理解成魏辰學曾經爲她放慢腳步，還是要理解成他迫不及待想要離開。

她明知道應該要往最好的那一面想，但不知道爲什麼，一遇上他，或者說，一遇上愛，她就忍不住多方猜想，最後選擇一個最糟糕的解釋。

林雨恩跟阿勳這次出車禍的事，幾乎全系學會的人都知道了，她跟阿勳的曖昧流言蜚語也因此傳得漫天飛舞，但兩人都沒放在心上。

林雨恩甚至覺得這樣很好，至少，大家都把注意力放在阿勳跟車禍傷勢上，她的秘密就可以不被看出來。

有關於魏辰學的事，就算是跟她同類的阿勳，她也不想說。

林雨恩跟阿勳的傷勢痊癒得很快，畢竟年輕又只是皮肉傷，兩三個星期後幾乎就像是沒事人一樣了。

恰好，期中考也逼近了，沒有什麼事情可以比考試更重要。

所有人都把關注目標轉移到報告跟考試上，系學會近期的行程也只剩下配合學生會的活動，前一陣子是大家齊心齊力忙得昏天黑地，現在則是各自爲課業忙碌。

大一的課業壓力很輕，可能因爲新生都仍一臉稚氣未脫，教授對待他們都很和善。林雨恩早早便做好報告，也把筆記都整理得差不多了。

這天到機場送阿姨登機赴美後，她跟父母一起用過午餐，回到家時已近傍晚。

林雨恩覺得很有趣，搬出家裡拉開距離後，她反而覺得媽媽的個性很討人喜歡，也更能感受到父母親對她的愛。

也許越是親密，越不該離得太近，適度的距離，有助於彼此呼吸。

看了看時間，她忽然想去魏辰學上次說的那間二十四小時營業的書店找一本書。

她已經一個多星期沒見到他了。

上次見面，是他跟江嘉瑜一起出現在系學會裡，看著他們手拉手的親暱模樣，不用問，她也知道他們已經和好。

這樣很好。

於是她沒有再聯絡過魏辰學，只是偶爾看著手機裡的那個名字發愣，但那跟任何人無關，甚至也跟魏辰學無關。

愛情本來就是一件很私密的事。

她喜歡他，跟他知不知道，是不是喜歡自己，全然無關。

只是有時聽著情歌，看著電影，心裡會浮現他的模樣。

可是她比誰都還要清楚，魏辰學不屬於她。不屬於她的東西，她不要，雖然心裡還是會隱隱約約地期待著。

林雨恩的思緒翻飛之際，公車已經到站，循著手機裡的地圖找到那間書店，一踏進書店，空氣中瀰漫著一股咖啡的香味。

她逛著逛著，偶爾伸手從書架上拿書翻看，找到一本有興趣的書，結完帳，走到一旁的咖啡館坐了下來。

一個人也有一個人的好處，她想去哪裡，想在哪裡待著，不需要配合誰。至少，她可以走他走過的路，看他看過的書，想著他是不是也曾經在這個座位上，用跟她一樣的目光看著人群。

服務生送來她點的熱奶茶，熱氣氤氳而上，乳白色的漣漪在茶湯上繞出一圈圈的漩渦，而後慢慢消失。

她看著奶茶發愣，是不是每個參與過自己人生的人都像牛奶，一點一滴地將自己原本澄清見底的茶湯染成了別的顏色？

「一直看著奶茶，是在研究好不好喝嗎？」

他的聲音忽然傳來，林雨恩傻傻地抬起臉。

「學長？」

魏辰學自動拉開她對面的椅子坐下，「這裡的咖啡不錯，下次妳可以試試。」

她其實並不意外，畢竟這裡是魏辰學常來的地方，會遇到他自然是理所當然。或許她心底，對此早有準備，或許她根本就是爲此而來，只是眞的看到心中的那個人時，還是免不了傻了一會兒。

這算不算是心想事成呢？老天爺對她眞好。

「太晚了，喝咖啡會睡不著。」她輕聲地答。

「嗯，我是說下次。」魏辰學從包包裡拿出一本書，「妳介意我們同桌嗎？沒有位置了。」

林雨恩這才注意到這家咖啡館的座位已經讓人坐滿，大概都是看上這裡的全天營業，對學生來說，在這裡要讀書或寫報告都很方便，還隨時都可以點用飲品跟食物補充能量。

「不介意不介意。」她連忙把放在桌面上的東西清開，「請坐吧。」

她實在有點被嚇傻了，否則應該想到魏辰學早已經坐下，甚至也已經把書拿出來了，她這些舉動實在多餘。

魏辰學也察覺到這件事，但沒有多說什麼，只是問：「妳剛剛究竟在研究奶茶的哪個部分？」

「呃……」林雨恩嚥了口唾液，才把剛剛想的事說出來。

魏辰學聽完，想了想之後說：「從某個方面來說，人類本來就是模仿的動物，所以眼睛看到的，耳朵聽見的，都會變成我們學習的對象。所以近朱者赤，這話還是有道理的。」

林雨恩沒想到他會這麼認眞跟自己討論這些奇怪的想法。

她從來都是將這些問題放在心中，也許自問自答，也許對這些問題存疑，但卻很少跟別人討論，今天若不是魏辰學問了，她不會主動說出口。

兩人討論了一會兒，再各自看了一會兒的書，林雨恩忽然想到，「學長怎麼會在這裡？」

「這應該是我問妳。」魏辰學伸了個懶腰，「這地方我常來，倒是第一次遇見妳。」

「我想看書，所以就來了。」林雨恩又問：「對了，怎麼沒看見學姊？」

魏辰學的臉色忽然有些僵，林雨恩見了大概猜得到是怎麼回事，只是暗暗心驚，不是才和好沒幾天嗎？又吵架了嗎？

不過這種事，還是不問比較好。

「學長餓嗎？我去拿menu。」林雨恩並沒有等他回答，說完話逕自起身走到櫃臺去拿menu。

人大約都是有點犯賤的。她不問，甚至把空間都留給了他，讓他有餘裕可以整理思緒。

魏辰學卻不知道爲了什麼，反倒想找個人說說這件事，不，應該說，他卻更想告訴她這一整件事情。

林雨恩站在櫃臺邊，看著他的身影，心裡盤算著要給他多少時間才夠整理情緒。離開太久顯得奇怪，但若離開的時間太短，又失去了她離開的意義。

等了將近五分鐘，她才走回去。

「好像沒有鬆餅了，所以只能吃三明治之類的。」林雨恩落座，把menu遞到他面前，絕口不提剛剛的話題，也不解釋她爲什麼去了這麼久，只當作從來沒說起過那些話。

「是嗎？」魏辰學看著她的臉，很想從她坦然自若的神情裡找到一絲端倪。

明明還只是個藏不住心事的稚嫩女孩，現在臉上卻是一片從容，他對她感到好奇，很想知道她心中究竟在想些什麼。

林雨恩對上魏辰學的目光，不明所以地摸了摸自己的臉，「怎麼了嗎？」

他深吸了口氣，搖搖頭。就算問了，應該也問不出答案，不如別問。

「妳對別人的事情一向都是這樣嗎？」魏辰學換了一種方式提問：「有禮而客氣？」

林雨恩知道他話裡指的是什麼。

「如果學長想說，我就聽。」

她當然很好奇，也很想知道，但她更想用大家都舒服的方式相處，所以選擇盡可能體貼。

「妳的人格特質確實有傾聽的特色。」魏辰光的笑容很淡。

她有些困惑地偏了偏頭，這句話的意思她能理解，但不太能懂他說出這句話的意思。

他看出她的疑惑，又道：「妳會讓人忍不住想要把很多事情告訴妳。」

林雨恩眨眨眼睛，這句話的意思是？

魏辰光的語氣帶著點苦：「我眞是瘋了。」

「學長？」林雨恩喊了他一聲，確認他眼中看見的那個人是自己，才說：「如果你準備好了，你可以說，我會保密，不會說出去。如果你還沒準備好，那就不用開口，不如想想我們現在是不是要吃點東西。」

「其實我並不相信這世界上有密不透風的牆。」魏辰學看著她說。

「那麼，就是表示你還沒有準備好。」林雨恩笑了笑，用手指點著menu，「看看要吃什麼吧。」

「但是我很好奇，」魏辰光停下了話，「妳就一點也不想知道？一點也不想問我？」

林雨恩笑得很恬靜：「想啊。」

「但妳表現出來的並非如此。」

「因爲我覺得，你要是想說，你就會說，不用我問。」林雨恩垂下眼簾。或者，這也是她還沒準備好的一種表現。

他們之間像是忽然多出了一層水氣，淡淡地隔開了對方，又淡淡地包攏住他們，彷彿這個空間只剩下彼此，但兩人卻又離得那樣遠。

「我跟嘉瑜，最近爲了我畢業後要先去考研究所，還是先當兵這件事情，相處的有些不愉快。」

魏辰學說得很含蓄，但林雨恩想，江嘉瑜那樣個性的人，若有什麼不愉快，怎麼會僅僅只是「有些」？

「那學長是怎麼想的？」她問。

魏辰學不答反說：「嘉瑜希望我繼續念研究所。」

好吧，那麼這個答案的反面，就是他的答案了。

林雨恩對於他迂迴的說話方式感到有趣，同時又有一種正在與他分享秘密的喜悅感。

「我不知道應該說些什麼。」她很誠實地表態，「這件事情，其實沒有對錯，立場不同而已。」

他看著她的眼眸，清澈而澄淨。

毫無預料地，就連他自己都有些意外，他開口了。

「我跟嘉瑜從高中就開始交往，一直以來我的成績都比她好一點，但是考大學時，她的分數卻比我高上不少。」

林雨恩靜靜聽著，看著眼前這人臉上浮現出陷入回憶的恍惚，雖然他的人還在她眼前，但是他的神思早就不在這裡。

「最後她選了一間分數比較低的學校，爲了要跟我在一起。」魏辰學面無表情，但林雨恩卻覺得那張平靜的臉底下隱藏著洶湧的情緒。「現在想起來，也許當初的分數差異已經是一種預兆。」

他一開口就好像停不下來，林雨恩很明白，他只是想要找一個人說這些事情。

對面這個人是不是她，其實不是重點。

林雨恩忍不住微笑。

她忽然想起阿勳說的那句話，看得太清楚，不是好事。

是啊，就連這樣的場景，明明她應該要很高興，她喜歡的人對她述說自己的過去，但偏偏她就是有種抽離的感覺，好像站在一個制高點看著她跟他，演著一場不屬於自己的戲。

如果這是一齣偶像劇，那麼接下來，江嘉瑜就應該要出現在轉角，誤以爲魏辰學正在跟她約會，而魏辰學追了出去，她將站在背後看著他離開，潸然淚下。

只可惜不是，他們上演的是什麼戲她現在還不知道，但絕對不會是這種情節。

她想著，嘴角的微笑擴大。

魏辰學看見她的笑，停下了話，問：「妳在笑什麼？」

她搖搖頭，臉上的笑意微斂，說了那段狗血劇情。魏辰學讓她的口氣跟思路給逗笑，方才他的那段陳述，好像也就沒有這麼悲傷了。

「妳眞是我認識的女孩裡頭最奇怪的。」魏辰學笑嘆。

林雨恩愣了一下，不太明白他的意思。她注視著魏辰學，輕嘆：「我其實是想，你們這麼相愛，不應該爲了這麼一點事情吵架。」

「是嗎？」他彎起嘴角，不置可否，「再這樣吵下去，再深厚的感情都會被吵淡。」

林雨恩深吸了口氣，幾度想開口說些什麼，但最後還是嚥回肚子裡。

「學長，你這句話，我等會兒就會忘記。」她別開眼。她是很喜歡魏辰學沒錯，但並不希望也不想他跟江嘉瑜分手。

可讓她意外的是，她這句話卻有些惹惱了他。

「所以難道妳覺得我應該聽她的建議，繼續念我不想念的研究所嗎？」他的口氣算不上糟，但確實不是很好。

林雨恩頗爲錯愕地轉回臉，看著他的面容，搖了搖頭。

「我覺得你應該走你想走的路。」

「就算這樣會導致我跟她分手？」

他問得很快，而林雨恩從這句話裡看見了他發脾氣的原因。

他不是對她生氣，他是對自己生氣，她當了一回替身。

「學長該問的人不是我。」林雨恩笑了笑，沒有跟他計較。「也許你可以把你的想法說出來跟嘉瑜學姊討論。」

關於這些事，她沒有話事權。

就算有，她也不應該說。

魏辰學靠上椅背，有些疲倦地捏了捏自己的眉心，話聲很輕：「不是沒有說過。但是嘉瑜的個性妳也明白，而且要是說了有用，就不會一而再，再而三地吵架。」

他的聲音透著疲憊。

「我只是，」他深吸了口氣，肩膀微垂，「不覺得我需要念研究所而已。」

落地窗外的夜景暗了下來，時間晚了，許多商家陸續打烊熄燈，路上的車輛逐漸稀疏，也許什麼事情都會有盡頭的，不是嗎？

時間到了，要不就是放棄，要不就只能不想不顧地繼續。

沒有誰可以停留在這一秒。

即便是拖著，也不過是等待撐不下去的那一刻。

「我想，人生就是爲了自己的選擇負上全部責任。」林雨恩緩緩地說：「我沒有權利替你的人生說些什麼，但如果學長認爲這樣下去也沒關係的話，我尊重你所有的選擇。」

魏辰學吁了一口長氣，她沒有感覺到他的輕鬆，反而更加沉重。

「抱歉——」魏辰學開口，但話還沒說完，就被林雨恩打斷。

「不要緊，我懂。」她點點頭，指了指那張menu，「要喝杯咖啡嗎？聽說不錯的。」

她故意這麼說，魏辰學也很捧場地笑了。

「妳拿我的話堵我，聽起來怎麼這麼不道德？」魏辰學打趣。

「會嗎？」她裝傻地眨眨眼睛，「我以爲學長會誇獎我特別聰明。」

魏辰學抿唇忍住笑，故意說：「我看我們還是喝咖啡吧，妳可能需要醒醒腦。」

「不只我吧？」林雨恩的目光投向四周的桌子，「大家都累了。」

魏辰學用一種意味深遠的眼光看著她，半晌才說：「我是不是能解讀成這句話別有含意？」

林雨恩淡然地聳了聳肩，「那就看個人要怎麼理解了。」

其實他們都知道，這杯咖啡拯救不了什麼，只不過換來一個暫時喘息的機會。即便是飲鴆止渴也好，多一秒，算一秒。

「我請客吧。」魏辰學拿出錢包，然後又補充，「不准拒絕。」

林雨恩的話噎在喉頭，看他這麼堅持，也就妥協，「我沒有要拒絕啊。」

「我還不懂妳嗎？」魏辰學斜睨了她一眼，「想喝什麼？」

林雨恩沒有聽見第二個問句，她的心神都專注在魏辰學說的第一句話上。

你懂我嗎？

他的修長手指彎成淺淺的弧度，輕輕敲了敲桌面。

「發什麼呆？」他問。

「我只是在想要喝什麼。」林雨恩垂下眼簾，看著那張單子，「其實我不太懂咖啡。」

「那就我幫妳選吧。」魏辰學瞄了一眼她剛剛點的那壺奶茶，「從拿鐵開始吧，一半咖啡一半牛奶，妳就算不常喝，應該也不會太排斥。」

「好。」

魏辰學拿起單子跟錢包走到櫃臺。

林雨恩看著他的身影，心裡翻湧著各種情緒。

他懂她嗎？

真的懂嗎？

那怎麼就看不出……

她想到這兒，突然從自己的思緒裡頭清醒。

林雨恩，妳真的知道自己在幹麼嗎？

妳真的想讓他看出來嗎？

她收回目光，定在眼前的書頁上。

是的，每個人都要為了自己的選擇負責，是她自己選擇了求而不得，不能怪別人。

林雨恩從自己的書裡抽出了一張書籤，悄悄夾進他的書裡。

她可以收藏他的每一種表情，可是卻不能得到他。

第四章　再見

與其追求一個永遠不會到手的，不如找一個可以跟自己作伴的。

這就像是賭徒的心態，賭贏了一次之後，就會想要繼續下去。

林雨恩其實覺得自己是有點卑鄙的，但是除此之外，她沒有別的方法可以再見到魏辰學。於是她很自私地允許自己在週末的晚上來到這家書店。

有時能等到魏辰學，有時則空耗了一整晚。

有時等到的時候，魏辰學的身邊站著江嘉瑜。

但林雨恩的要求很少，就算是他們兩人一起出現，她也覺得很好。

只是她沒想到，有一天會見到這樣的場景。

書店旁種滿植物的綠牆邊上，站著一對熟悉的身影，那是魏辰學跟江嘉瑜嗎？她不敢太靠近，遠遠地看著那對人爭吵。吵些什麼她聽不太清楚，最後只見江嘉瑜甩了魏辰學一巴掌，轉身離開。

林雨恩過於驚愕，她從來沒想過會親眼看見這麼激烈又這麼私密的場景。她還瞠目結舌著，卻對上魏辰學看過來的目光。

兩人一時無語，林雨恩有些尷尬，魏辰學對著她苦笑頷首。她無法可躲，只好走上前去。

說。」

「那個，我去要點冰塊來冰敷好嗎？」她低聲問。

魏辰學臉上的苦笑還依然掛著，「不用了，嘉瑜下手不重，除了丟臉，也沒有什麼好

林雨恩深吸了口氣，其實是有些不開心的。

別人想要都得不到，擁有的人卻這樣不珍惜。

可是她能說些什麼呢？

林雨恩打開包包抽了一張濕紙巾給他，「擦擦吧，涼涼的敷一下也好。」

「謝謝。」魏辰學放下手，她看見他臉上清晰的五爪痕。

什麼樣的爭吵才會弄成這樣？她不想問，怕爲了魏辰學而心疼。

「妳來看書？」魏辰學沒話找話聊。

她笑了笑，點點頭，眼底還有些不捨。

「今天不能跟妳一起了，我還有點事。」魏辰學說。

林雨恩不能確定他說的是不是實話，卻覺得這樣也好，否則他坐在她面前，一人覺得尷

尬，一人覺得難受，可不是什麼好主意。

「學長要走了嗎？」

「嗯，差不多了。」魏辰學臉上漸漸沒有表情，她看得出來，他正在壓抑。

「路上小心。」她抬手，頓了一頓，還是輕輕拍了拍他的臂膀，「一切都會沒事的。」

魏辰學笑了笑，眼底無光。

「希望。」他說完，轉身離開。

林雨恩看著他的背影，只覺得可憐。

時間一天一天過，送走了期中考，迎來了聖誕節。

這段日子阿勳很少出現在系學會，一開始林雨恩以為他是在家裡養傷，但他們的傷勢差不多，怎麼她都好了，依然不見他？

她覺得有點怪，於是就打了電話過去關心，阿勳有些支支吾吾，但沒怎麼說清楚，只約了她吃晚餐。

林雨恩依照時間到了約好的簡餐店門口，等了一會兒，看見阿勳從街角走來，他走得並不快，即便遠遠就看見她，依然維持著原先的速度。

「等很久了嗎？」阿勳走到她面前，停下腳步。

林雨恩忽然笑出聲，「學長，你這問題也問得太客套了，你早就看到我在等你了啊。」

阿勳也跟著笑，「禮貌禮貌總是要的，但是眞不眞心就見仁見智了。」

林雨恩摀著嘴咯咯笑。

這人一點都不掩飾自己就是沒眞心，就是走個過場而已。

「走吧，吃飯。」

阿勳推了推她的後背，兩人進入店裡，他預先訂了位，所以很快就能入座。

點了餐，等著上菜的時候，林雨恩看著他。

「學長，你最近還好嗎？」

阿勳的眼神飄忽，「還行，其實，今天有件事情要告訴妳。」

「嗯，你說。」

「我有女朋友了。」

「怎麼會？」林雨恩剛拿起杯子的手又放下了，怔怔地看著他。

她是眞的很意外，出了一次車禍，怎麼就風雲變色了？

她以爲阿勳是很喜歡江嘉瑜的。

他摳摳臉，「其實也不是突然發生的，對方喜歡我很久了，只是在這之前我一直都沒看見，這次出車禍，她每天噓寒問暖，也……」他停了一瞬，臉上有些赧紅，「總之，我忽然明白，與其追求一個永遠不會到手的，不如找一個可以跟自己作伴的。」

「是嗎？」林雨恩還處於震驚之中，「所以，你就放棄嘉瑜學姊了嗎？」

阿勳讓她問得一愣，看著窗外安靜了一陣，「是。既然已經下了決定，我現在要是又說沒有放棄，我是該要有多下流，才能說出那種話啊？」

林雨恩笑了起來，點點頭，「那就好，學長決定了就好。」

最怕的是不甘寂寞，又猶豫不決。

阿勳忽然定定地看著她，「那妳呢？還沒夢醒，還是剛要入睡？」

她並不算太驚訝，雖然她並沒有跟阿勳提過，但他卻可以問得如此一針見血，果然是同類人。

垂下眼簾，林雨恩的手指滑動在水杯的杯沿，忽然淡淡地笑道：「一切有爲法，如夢幻泡影，如霧亦如電，應作如是觀。」

「那麼，就是還沒夢醒了。」

她笑，「學長從哪裡看出來我還沒夢醒？」

「一聽就是還沒夢醒，剛剛說的那些是妳的目標，或是安慰自己的話。」阿勳拍拍她的手背，「我懂。」

林雨恩又好氣又好笑，「怎麼一聽你說你懂，我忽然覺得很哀愁。」

「我們這麼相似，我就是妳的借鏡，妳可要好好看著，不要跟我一樣。」阿勳的臉色異常正經。

所以最後，她也會跟阿勳一樣，終於頓悟，終於放棄？

服務生手腳俐落地上完了菜。一邊吃著，林雨恩一邊聊起魏辰學和江嘉瑜最近的爭執。

阿勳聽完，嚥下食物之後說：「其實他們吵架也不是一兩天的事了。」

「他們以前就常吵？」林雨恩很難想像，魏辰學這樣的人會怎麼發脾氣？

阿勳搖了搖手，「就這最近一年多吧，反正情侶到了某個階段就是會不停吵架，最後吵著吵著要不就是磨合成功，送入洞房，要不就是相忘於江湖。」

明明是很嚴肅的討論，讓阿勳說起來卻特別好笑。

「不過辰學學長看起來脾氣很好的樣子。」

「屁。」阿勳對她露出了鄙視的表情，「學妹妳讓學長的外表騙了，他看起來溫和，但心裡的原則硬得可比鑽石，妳多跟他相處一陣子就知道了。」

她微微低下頭。

對於魏辰學，因爲從來不曾擁有過，她總有一種見了今天沒有明天的感覺，每一次見面都像是最後一次，不會再有下次。

「以後學長就不去系學會了嗎？」林雨恩轉開話題。

「去啊，只是不會這麼經常了。」阿勳笑了笑，「我想多花點時間陪女友，她雖然沒說，但我想這樣比較好。」

相見不如不見。

考驗人性永遠都是最危險的，他不想考驗自己的自制力。

「曾經這麼喜歡過，見面不可能無動於衷。」阿勳喝了口茶，靠上椅背，雙手在桌上交叉握著，一種放鬆又自衛的姿態。「所以還是盡量避免的好，反正只剩下半年他們就要畢業，到時候我還是會去接系學會的幹部。所以，這段時間，妳就當我去度蜜月吧。」

他說完自己笑了，林雨恩也笑意盈盈。

「你最好就這樣跟大家說。」她說著說著，忍不住促狹，「到時候大家就會追問你爲什麼要拋棄我了。」

阿勳哈哈大笑，「對喔，我都忘了我們還有個桃色緋聞。」

林雨恩笑睨著他。

阿勳笑罷，咳了幾聲：「好啦，說眞的，那個烏龍緋聞妳介意嗎？介意的話，我去跟他們解釋，不要讓妳爲難。」

「不會啦，又不是眞的。」林雨恩笑了起來，「不過，學長還是去說清楚吧，省得之後有些什麼流言蜚語的，傳到學長女朋友耳中，大家都不好過。」

「也是，妳沒說我還沒想到呢。」阿勳鄭重地點頭，「感謝提醒啊。」

她俏皮地說：「不客氣，這餐你請客嘛，我貢獻一點主意也是應該的。」

「咦？這餐我請……嗎？」阿勳話才說到一半，看著她俏皮的眼睛，頓悟了。「好，我請就我請。」

他大笑，「請妳這一餐我心甘情願。」

最後當然還是各付各的，兩人步出簡餐店，簡單道別，各自轉身朝不同方向離開。

走了幾步路，林雨恩回頭張望，阿勳的背影在櫥窗燈光的映照下顯得光彩熠熠，她忽然有種預感，他會很幸福，再也不會回到江嘉瑜身後。

不求回報的付出，畢竟還是太夢幻。

她想了想，轉身回到自己的路。

聖誕夜，林雨恩除了準備禮物寄去美國給陶子仲跟阿姨，就沒有什麼特別的計畫了。

替花草澆完水，她窩在書桌前，做了十幾張花草書籤。書籤做好了還不能馬上使用，得等它稍微定型才行。

本來這只是以前偶一爲之的小興趣，住到阿姨這裡來後，整個頂樓的各式香草任由她發揮，她也就把這興趣給撿了回來。

完成了最後一道工，她撐著臉，看著面前的書籤。

天氣微冷，今天是週六，她實在不想出門，這時間出去，肯定會被街上的人潮擠得不能喘氣，但她又想要去書店，說不定能夠遇上魏辰學。

林雨恩左右糾結了好一會兒，肚腹裡傳來空虛的鳴叫。

「還是煮碗熱湯就算了吧。」反正這種佳節，她要遇上魏辰學也不容易吧。

她摸進廚房，從冰箱裡拿出蔬菜牛肉，家裡有花草園圃就是這點好，要煮什麼特別的風味，隨時都有香料可以使用。

阿姨的烹調口味也偏向國外，之前教她煮過的蕃茄羅宋湯，喝起來比餐廳的都還要好喝。只不過煮這湯的麻煩處就是一次很難只煮一人一餐的份量，將那些蔬菜洗洗切切，丟進鍋裡，隨隨便便就是一大鍋了。

林雨恩轉開廚房的音響，舒緩的鋼琴聲伴隨著切菜煮水的聲音，異常融洽。

她拿起湯杓慢慢攪拌，一股溫暖香味飄出，轉小火，蓋上鍋蓋。

轉身洗米，正要放進電鍋裡時，門鈴響了。

她有些疑惑，雙手在圍裙上抹了抹，走到門前探問：「誰？」

「是我。」

林雨恩不敢置信，這聖誕禮物也太真實了吧？她煮湯煮到產生幻覺了？就像賣火柴的小女孩，在火焰裡看見自己最想要的東西一樣？

霎時間她腦海裡的意念紛飛，但她手上動作沒停，緩緩拉開了門。

「學長，你怎麼來了？」

魏辰學臉上一片木然，手上提著兩個食盒，「我能進去坐坐嗎？」

林雨恩看他情況有些不對，連忙讓開身，「可以，當然可以。」

外頭冷，他穿著一件黑色風衣，豎起的領子緊貼著脖頸。

他在客廳裡逕自找了個位置坐下，林雨恩走進廚房倒了一杯熱花茶出來，放在他面前。「先喝杯茶，吃過飯了嗎？我剛好要煮，多煮一份給你，好嗎？」

魏辰學的目光有些渙散，過了半分鐘才逐漸聚焦在她臉上。

「好，這裡還有些吃的，幫妳加菜。」他說。

魏辰學的聲音依舊那樣波瀾不驚，她實在猜不出發生了什麼事情，於是接過食盒，打開一看，裡頭是一隻烤雞，另一個盒子裡裝的是很精緻的蛋糕。

她大概猜到是怎麼一回事了。

闔上食盒，她道：「不過還要再等半小時左右，學長餓嗎？」

魏辰學搖搖頭，「不會。」

「那我們就等一會兒吧。」她微笑。

語畢，她將烤雞拿進廚房，然後關了廚房的音響，改開客廳的音樂。這裡的一切都是承襲阿姨的生活習慣，廚房放的音樂是鋼琴，而客廳的是大提琴，是什麼曲子她不知道，但卻異常適合現在這個氣氛。

她也給自己倒了一杯熱花茶，然後坐在魏辰學對面，打量他的面容。鮮少見到他露出這樣的神態，有些頹喪，有些無力，更有些無奈。

她想她知道是什麼事情。這樣的節日，這樣的情緒，越是佳節越有很多關係崩毀。

這時候她問些什麼都顯得有些多此一舉。

「可惜沒有麵包跟沙拉，否則眞的可以弄成一頓完整的聖誕大餐。」她找了句話開口。

魏辰學哼笑，卻沒接話。

林雨恩也不問，只是由得他繼續安靜思索。

大提琴的聲音很安撫人心，而且又是這樣一個飄散著食物香氣的沉靜空間。林雨恩走到一旁拿了本書，自顧自地看著。直到電鍋跳起來的聲音響起，她放下書，對著魏辰學說：「還要再等十分鐘，我先去把烤雞熱了，把湯端出來，很快就可以吃飯了。」

她自然地起身，像是他們已經這樣吃過了幾千次的飯。

魏辰學跟著她站起來，「我幫妳。」

林雨恩應聲：「好，那幫我端湯。」

兩人前後進了廚房，林雨恩打開鍋蓋，濃烈的香氣撲鼻而出，她拿著湯杓撈掉上頭的混濁肉末，關了火。

「把手不會燙，直接端就可以了。」

她回頭叮嚀，卻發現她跟魏辰學的距離彷彿只剩下一根頭髮。

他低下頭看著她，那雙眼裡，好像什麼都有，有她的希望，還有他的傷心。

林雨恩想用笑來化解什麼，但卻怎麼都笑不出來。

「端哪裡？」他啞著嗓子低聲問。

她明知道他的聲音低啞只是因爲沉默太久，喉嚨乾澀，但還是忍不住心頭一縮。

「這、這邊。」她雙手比畫著。

「好，那妳讓開。」

林雨恩側身錯開，魏辰學很輕易地就把熱湯端了出去。林雨恩把烤雞放進微波爐裡，五分鐘後，也端了出去。

時間算起來正好，她回廚房盛了兩碗飯，正要轉身，魏辰學的聲音忽然從身後傳來，「有沒有什麼要幫忙的？」

林雨恩讓他嚇了一跳，手一滑，連碗帶飯碎了一地。

「對不起、對不起，我一時恍神。」她連忙道歉，「學長先吃吧，我收拾一下就出去。」

林雨恩很慌張，但魏辰學卻忽然笑起來，這一笑好像就停不下來似地，她一臉莫名其妙。

「我以爲妳會一直都那麼冷靜，就算被嚇到也是面無表情，原來妳也有驚慌的時候。」

林雨恩聽了這話，笑著白了他一眼。

「我差點就說出碎碎平安了。」她抿唇忍笑，抬起手朝他揮了兩下。「好啦，你先出去吧，我收拾收拾。」

「我幫妳吧？」他問。

「不用啦，就一個碗而已，還要怎麼幫？」她推了推他，「而且怎麼有讓客人收拾的道理？」

魏辰學也不想再跟她糾結這點小事，「那好吧，我先出去，有什麼需要幫忙的，妳叫我。」

「好。」林雨恩點點頭，「我不會放過你的，你放心吧。」

她說完這話，心頭一悚，魏辰學卻已經走了出去。

看著那一地碎片，林雨恩想著剛剛自己說得很順口的那句話。是不是，話由眞心才說得這麼直接？

但她隨即想，不過是句玩笑話，自己未免太過緊張。

就算是話由眞心，那她是不肯放過他？還是不肯放過自己？一切都還有待商榷。

林雨恩整理好思緒，也收拾乾淨一地的碎片，便拿了只新碗，盛了飯出去。

她笑著坐在魏辰學對面，「眞是不好意思，學長難得來，結果卻被我嚇到了。」

「妳一向習慣把錯攬在自己身上？」魏辰學看著她，「明明是我嚇到妳，妳偏要說是妳嚇到了我。」

林雨恩忽然想起那天阿勳說的話，索性照本宣科地說：「其實只是客套客套而已。」

魏辰學一愣，笑起來，「阿勳教妳的吧，這句話。」

她很坦率地猛點頭，笑個不停，「學長眞聰明。」

「是這句話的個人風格太明顯。」魏辰學搖頭否認，也帶著笑意，「倒是跟我聰不聰明無關。」

林雨恩不能不同意這話，她伸手盛了一碗湯給他，「我沒想到你會來，本來只打算吃這個，所以來不及準備其他菜，好在熱湯在這個時節喝正好，配上你帶來的烤雞，也算豐盛了。」

魏辰學看著她，纖細的手腕將湯碗端正地放在他面前。

「我來得這麼突然，妳什麼也不問？」

林雨恩想了想，有些遲疑，但最後還是開口說：「我何必在傷口上撒鹽？雖然我並不眞的知道發生了什麼事情，但看你的模樣，肯定不是什麼好事。」

魏辰學愣了一愣，點了點頭。他知道她一向聰慧，倒是沒想到她還這麼……溫柔。

一餐飯，誰也沒提發生了什麼事情，只是盡揀一些不著邊際的話說著，哈哈大笑著。

飯後，兩人一起洗了鍋碗，清空桌子，林雨恩只留下餐桌上那盞燈，點起蠟燭，溫熱一壺幫助消化的花草茶。

大概是一切都已經恰到好處，魏辰學突然冒出一句：「我們分手了。」

「嗯。」她頷首，「不算意外。」

「同樣的問題不停吵著，我們都累了，誰都走不下去了，於是……」魏辰學說到這裡，停了下來，語帶苦澀：「我提著這些東西，沒有地方能去。」

林雨恩了然地點頭。

因爲沒有地方能去，所以才尋來這裡。

「我懂。」她停了停，又道：「我不會多想什麼。」

魏辰學定定地看著她，過了好幾秒才說：「謝謝。」

他知道自己不應該這麼做，在這個關頭，這種時間，上一刻才剛分手，下一刻已經跟其他女孩對坐而食。

這時代就算再怎麼開放，也不應該做這些讓人誤會的事。

假如他眼前的這個女孩不是林雨恩，換作是誰都太有可能誤會些什麼。

但是，幸好是她。幸好他那個當下，心神慌亂的時候想到的是她。

他知道如果是她的話，一定不會多問什麼，不會多想什麼，她會給他一杯熱茶，陪著他坐一會兒。

他沒猜錯，而且得到只有的更多。

魏辰學深吸了口氣，「眞的，謝謝妳。」

林雨恩笑了笑，「照你這麼說，我是不是也要謝謝學長的烤雞跟蛋糕？」

她說得輕描淡寫，但魏辰學聽得出來，林雨恩是爲了他，把這個聖誕夜的事情簡化成了只是朋友一起吃了一頓飯。這樣想，也許太不道德，可是如果嘉瑜像她，或者只要有十分之一，那他們也許就能夠繼續下去。

「學長想看書嗎？我樓上還有幾本小說，我猜你會有興趣。」

林雨恩的問句打斷了他的思緒。

「什麼書？」

她偏著頭，笑了起來，「這種節日，這個情況，我想《沉默的羔羊》挺適合的。」

魏辰學再也忍不住哈哈大笑。那分明就是一本驚悚小說，主角是一名被關在精神病院的心理醫生跟一位FBI探員，怎麼樣也不可能適合今天這個場景。

見他笑，林雨恩心裡默默鬆了一口氣。

她最不擅長安慰人，每次看著身邊的人陷入沉默，她能做的就是等待，但她不想這樣對待魏辰學。她總希望魏辰學每次見她，離開的時候都是開心的。

「其實我只是開玩笑，我的書不多，日本翻譯小說只買了一本《挪威的森林》，學長想看嗎？」

魏辰學搖搖頭，「我們聊聊吧，書我回家看就可以了。」

即便她不知道要跟魏辰學聊些什麼，但還是應了聲：「好。」

魏辰學對她說起一些前塵往事，她只是聽著，兩人從餐桌的木椅，移到了沙發上並肩坐著。小几上放著一壺熱花茶，說著說著，魏辰學又從自己的背包裡拿出紅酒。

林雨恩可以感覺出來，魏辰學在這個聖誕夜上頭花了多少心思。

可惜，有時愛不單是看自己願意付出多少，還得看對方願意接受多少，否則再多的愛也都是毫無作用。

看著兩只玻璃高腳杯裡裝著香氣四溢的紅酒，林雨恩懷疑魏辰學會這樣說到天荒地老，倘若眞是如此，那也算好。

不知道爲什麼，明明就是聖誕夜，窗外卻在這夜裡放起了煙火。聽見煙火的爆炸聲響，林雨恩笑了開，跑到窗前。魏辰學的腳步隨後跟上，站在她身邊，令她有些心猿意馬，天氣冷，更顯得他的體溫高。

「其實呢，我覺得，不管怎麼樣，人生就是這樣，既然來了就沒想要活著離開，什麼事情都可以當成是一種體驗。」窗外的煙花在她的瞳眸裡倒映出光彩，「這話是我阿姨說的，不是我。」

魏辰學定定地看著她。

「所以妳也是這麼想的，是不是？」

「是。」林雨恩承認，「阿姨說得更加玄幻，她說這世界上的事情沒有什麼好或不好，全都是體驗而已。」

「妳有這樣的長輩，是很幸福的事。」魏辰學的眼中也閃耀著煙花的光彩，「這間屋子到處都可以看見她的痕跡。」

林雨恩笑問：「所以我在這裡格格不入嗎？」

魏辰學搖頭，「不會，妳很適合。我可以想像，未來妳也會成為妳阿姨這樣的人。」

那時候，你會在我身邊嗎？

林雨恩在心裡這樣問著。

「改天有機會，我請妳吃飯。」他開口說。

林雨恩看著他，想了一想才回答：「好啊。」

魏辰學倒是對這答案有些意外，低下頭來看她。

她只是笑，卻不說話。

那個「改天」，或許只是句場面話，根本沒有實現的機會，但現在的她，只想要好好把握每一次跟魏辰學相處的機會，她不想讓自己後悔。

那夜魏辰學在這屋子裡待到很晚，但終究離開。

從那之後，林雨恩就很少見到他了，就連在書店也不常遇見。

偶爾碰頭，兩人還是會坐下來聊一晚上，各自分享最近的生活。

最後一次這樣侃侃而談是在畢業典禮後，魏辰學很快收到兵單，戴著一頂鴨舌帽，出現在她面前。

林雨恩這才驚覺，距離那個聖誕夜，已經過了大半年。好奇怪，她明明都還記得很清楚那天晚上所有的細節，但時序已經從冬天走入初夏。

魏辰學這次來去匆匆，並沒有跟林雨恩閒聊些什麼，只是拿了個禮物給她，裡面是一組花草壺。她直覺這東西並不便宜，想當然魏辰學不可能告訴她這要多少錢，只說這算是感謝她那晚的熱湯熱飯。

林雨恩還沒反應過來，魏辰學接了通電話就急急離開。

她收起了杯組，還在感嘆沒有機會跟他多說幾句話，自己的手機在這時候也響了起來。她原以爲是班上同學要問期末考的事，卻沒想到是意料之外的人。

「喂，恩恩，妳在哪裡啊？我到台灣了。」那道聲音她這輩子大概都忘不掉，就像不會忘記自己家人一樣。

林雨恩猛然站了起來，「你在哪裡？」

「桃園國際機場啊。」他一邊說，一邊拖著行李箱急步往前，「我一下飛機就打給妳了，我要去住妳家旁邊，當妳的鄰居。」

「啊？你不回你家住，來我這裡幹麼？」林雨恩傻了，又說：「我一個人住在外面，可沒有我媽的菜讓你吃喔。」

實在是陶子仲的素行太不佳了，過去都算不清在她家蹭飯幾百次了。

「我早就知道了，好了，妳不要囉唆了，快把地址給我，我準備上車過去。」

林雨恩實在拿這傢伙毫無辦法，說風就是雨的，報完地址給他後，林雨恩又很憂慮地說：「可是我這裡沒有空房給你住耶。」

「我可以住飯店好嗎？」陶子仲口氣有些不耐煩，又帶點笑。「好了好了，妳不用為我擔心，我自己知道要做什麼，妳繼續妳的期末考偉業，我上車了，等會兒見。」

他話一說完，立刻就掛斷電話，連一聲掰掰的時間都沒留給林雨恩。

她放下手機，急忙收拾東西，奔回家去。

陶子仲這人，肯定不耐煩坐火車，要是搭高鐵，大概一個多小時後就到了，她得回去打掃屋子，期末考期間，她根本沒有時間顧慮環境清潔。

陶子仲簡直是有潔癖的富家公子，小時候還很白目地說要讓他家的打掃阿姨來幫林雨恩家打掃。說他有毛病都算是客氣了，她不只一次覺得陶子仲根本就是個外星人，偏偏他自己還覺得林雨恩說這話是在誇獎他，世界上還有比這更悶的事情嗎？

林雨恩一面打掃一面在心底抱怨，什麼時候不回來，偏偏要挑她期末考的時候！

她才剛把家裡弄乾淨，抹掉一額頭的汗水，一打開大門，一輛計程車恰巧就停在她家門口。都還沒看清楚來人，她就讓一個熊抱給抱得差點連肺都被擠出來！

「恩恩，我好想妳！」那人抓著她大吼大叫，要不是那稱呼，她可能就要報警了。

搞什麼呀，雖然幾年沒見，也不至於從一個普通人變成巨人啊！陶家明明也沒有什麼長人基因，但是陶子仲這身高起碼接近一百九吧？

她搥打著陶子仲的背，悶聲喊：「我快不能呼吸了！」

陶子仲把林雨恩放下，笑得像是什麼動畫人物似的，一口白牙簡直比明星還整齊。

「恩恩，妳想不想我？」

聽聽，這人還能說沒有毛病嗎？行李都還沒拿出來，就急著問這種無關緊要的事情。

林雨恩笑了起來，「你先付錢，然後把行李從車上搬下來吧。」

「好吧。」陶子仲對她的反應不太滿意，對她做了個鬼臉，但回頭對司機付錢時，又是文質彬彬。

他長得就是一副書香世家子弟的好模樣，雖說剛剛看見林雨恩的時候反應熱情了點，但那骨子裡的氣質是怎麼也抹不去的。

計程車司機幫著他把行李搬到門口，對著林雨恩眨眨眼，說：「男朋友大老遠從美國回來，很幸福喔？」

林雨恩有些想笑，卻忍住了，只是瞪了在一邊看好戲的陶子仲一眼，然後說了聲謝謝，送走計程車司機。

「你又胡言亂語。」她推開門，「你從小就喜歡到處騙人，這習慣到現在還沒改啊？」

從幼稚園就騙老師他們是堂兄妹，到上了小學說他們是同父異母，害得母姐會的時候，老師還小心翼翼地不敢觸碰這個敏感話題。

「我想跟你成爲一家人嘛。」陶子仲從以前就是這麼回答她。

「你除了身份證上印的不是我爸媽的名字，你還有哪裡不是一家人？」林雨恩幫著他把行李靠牆邊擺，「你打電話給我媽的次數，比我打電話給我媽的次數還多！」

「嗚嗚，所以我們才不是一家人啊，一家人可以肆意妄爲，我要是不主動聯絡，林媽媽就忘記我了。」陶子仲沉重地說。

「你少來，這種話你拿去騙我媽，我才不信你。」林雨恩白他一眼，「你回來幹麼不回你家住，跑來這裡幹麼？」

「我想妳！」陶子仲拉開椅子，一雙長腿交疊的很豪邁，「有沒有水啊？冰的，我好渴。」

「眞當自己家裡了。」林雨恩倒了一杯冰水給他，「你好好解釋一下，明明就申請到常春藤名校了不是嗎？幹麼不念，不念就算了，你回來台灣要幹麼？」

「嘖，妳怎麼比我爸還難纏？」陶子仲白了她一眼，碎念的很大聲：「我又渴又餓又累，妳一點也不想我就算了，還對我這麼兇，我心都碎了！」

「你再演啊。」林雨恩挑眉，絲毫沒受到動搖。

她要是信他，她眞眞是浪費了和陶子仲從小的交手經驗。

不過就算林雨恩很明白陶子仲的個性，但明白跟能夠壓制那是完全不同的兩種概念。知己知彼，也未必百戰百勝。何況參考過去的勝率，林雨恩一向都是悲情的那一方。

果不其然，陶子仲喝完手上那杯水，立刻又喊著要吃飯，林雨恩沒有辦法，只好帶著他到附近的麵店，並且嚴格命令他不准說些難吃什麼的，免得店家把他們趕出去。

陶子仲當然是一臉忍耐地吃完了，一吃完，他就立刻嚷著要回去吃林媽媽煮的飯。

「好啊，你回去吧。」林雨恩倒是一點也不挽留他，看他扁嘴要唉唉叫的神態，她又急忙解釋：「我最近要準備考試，沒空也沒辦法陪你。」

她對陶子仲眞是完全沒有抵抗力。

也是，哪個人類能招架外星人？

她這樣自我安慰著。

陶子仲想了想，「好吧，那我明天就回去，很快回來。」

「不用太快。」林雨恩脫口而出，立刻察覺自己失言，又補充：「我要連考兩個星期，你慢慢來把事情都處理好再回來。」

這雖然是藉口，但也是實情，陶子仲每次出現，都拉著她東奔西跑，沒一刻閒得下來，可是她現在有更重要的事情得處理啊。

「林雨恩，我知道妳在想什麼。」陶子仲瞇著眼睛看她，「這次我就放過妳，我等妳考完期末考再回來。」

她差點就沒跪下來大喊一聲謝主隆恩了。

「那妳忙吧，我出去逛逛。」

「啊?!」林雨恩才鬆懈了一秒，立刻又跳起來。「這附近你又不熟，你要去哪裡逛？迷路了怎麼辦？」

「妳幹麼這樣一驚一乍的？」陶子仲斜睨了她一眼，「不熟逛逛就熟了，我有這裡的地址，眞的迷路我不會查地圖嗎？而且我要在這裡長住的，不搞清楚可不行。」

她無話可說，兩人對望了幾秒，她冷靜下來問：「你眞的要來當我鄰居啊？」

「眞的。」陶子仲點點頭，「我超懷念跟妳一起上課的日子。」

林雨恩有些緊張，「但是你又沒學籍，你要怎麼跟我一起上課？」

「我可以旁聽啊。」陶子仲雙手在胸前交叉，「妳這種神態，莫非是有了什麼不可告人之事沒告訴我？怕我跟妳一起上課壞了妳的好事？」

林雨恩一愣，總覺得這話裡眞是別有含意的很讓人爲難。

就說不可告人了吧，又來追究怎麼不告訴他，這邏輯眞不是她能夠理解的，但同時她又對陶子仲這種銳利的第六感佩服萬分。

她就是喜歡上了一個人了，這樣都能被他看出來？

陶子仲瞇起眼睛，露出看見獵物的表情。

「嘖嘖，我原本只是猜猜，沒想到眞有什麼古怪啊？」他靠上椅背，以逸待勞地看著林雨恩，「坦白從寬，省得我還要套妳話，眞套出來又太打擊人了。」

林雨恩打了個冷顫，她忽然明白自己套人話的招式都是從哪裡學來的了。

很明顯，眼前這人絕對功不可沒。

有個從小到大跟自己一起長大的青梅眞的不好。

尤其那青梅的智商還很高，那眞是……

太不好了！

她懊惱地看著他。

「妳這麼猶豫，想來是需要一點什麼保證吧？」陶子仲賊笑，「好吧，妳開條件。」

她眞想漫天喊價，可惜面對的是陶子仲，那人就地還銀的招式比她厲害多了。

林雨恩深吸了一口氣，「我只有一個條件，任何人，你都不可以說出去。」

陶子仲挑眉，眼神轉爲嚴肅，「准奏。」

他未曾見過林雨恩眞的跟他喊過條件，那句話其實不過是玩笑話，但沒想到她眞的開口要求，看來這件事情大概比他想的要更嚴肅一點。

林雨恩拉了一張椅子過來，盡量不帶情緒，客觀地將魏辰學的事說了一遍。

陶子仲聽完，面無表情地看著她，然後伸手在她的額頭彈了一下。

「幹麼？」她搗著額心哀怨地看著他。

「就這麼一件破事，值得妳上奏摺？」陶子仲相當鄙視她，「從法律的層面來說，只要配偶欄是空白的，每個人都是單身。妳喜歡他，就把他贏過來，哪有什麼好糾結的？」

「可是我學姊……」

「妳學姊都畢業了，還能怎麼樣？拿刀砍妳不成？」陶子仲脫口而出一串英文，她沒聽清楚。

「說中文。」林雨恩道。

「中文就是：妳眞是個傻瓜。」陶子仲搖頭嘆氣，「沒有我妳怎麼辦？」

林雨恩瞪大了眼睛，這人往自己臉上貼金怎麼貼的這麼順啊？

「不然你想怎麼辦？」

「不怎麼辦，妳等他退伍唄。」陶子仲擺擺手，「是說我覺得這男人我不欣賞，妳最好想清楚再跟他交往。」

林雨恩仔細思考著陶子仲的話，依然不得其解，只好問：「你不欣賞他哪裡？」

陶子仲瞪她一眼，「這男人分明對妳也有點意思，偏偏盡做些曖昧舉動，可什麼都不說，眞不是個爺們，追求這回事就要男人來啊！」

林雨恩安靜了好一會兒才接話：「你明明是在美國唸書，這次回來，我才知道你的大陸腔說得這麼順，你是不是偷偷把北大給唸完了？」

陶子仲得意洋洋起來，「怎麼樣，不錯吧，我在美國有個北京來的同學，我這口京片子都跟他學的，特別有趣。」

「特別像某某爺。」林雨恩抿嘴笑。

「什麼？」陶子仲這下就真的沒聽懂了，「妳在說什麼？」

林雨恩頓時有種反將一軍的成就感，「這個等你到我家，跟我媽一起看最近很紅的電視劇就知道了。」

陶子仲臉上露出不甘心的神情，「我現在就回去。」

林雨恩噗哧笑出聲來，「別發神經了，現在都幾點了，你舟車勞頓不累嗎？好歹休息一晚上啊。」

「哼。」

「不說這個，我問你，你真的覺得他對我有點意思嗎？」這個點，林雨恩很介意。

因爲陶子仲說的話從來沒錯過。

陶子仲看了她一眼，有些什麼話終究還是忍在喉頭，他聳聳肩，「這我不能確定。」

「是嗎？」

她心底悵然若失，她多想得到一個確切的答案，讓她知道這一切不是鏡花水月。

第五章　錯身而過

如果他們就這樣一直幸福下去，那麼我也能夠退回我應該的位置。

考完期末考的那天晚上，陶子仲就出現在林雨恩住處門口，她才剛補眠醒來，還在想著要吃點什麼當晚餐的時候，他就提著食物出現了。

兩人大吃了一頓，陶子仲告訴林雨恩，他在附近找到房子了，正式成爲她的鄰居。她點點頭，絲毫不意外。

陶子仲要做的事情，誰都攔不住的，而且他得手的時候多，失手的時候少。她有時想，要不是陶子仲實在太聰明，照他這種恣意妄爲的玩法，遲早要吃虧。好在他家境好，父母親管不了他，也只好全然支持他，就好像這次，他說要保留學籍，回台灣來研究投資，他家裡也是掙扎了一會兒就答應，自然還是全額贊助。

林雨恩從來沒弄懂過陶子仲在想什麼，但這一點也不妨礙他。他特意挑準了在暑假前回來，打點好房子等諸多事宜後，恰逢暑假開始，他沒給林雨恩任何抗議機會，就拖著她環島旅行去了。

打著調查行情的名義，從女王頭一路看到了墾丁，再從墾丁一路看到宜蘭，直到開學前兩週才回到家裡。

林雨恩腦子裡第一個念頭是，幸好陶子仲有請人天天來替這香草園圃澆水，否則這下她怎麼跟阿姨交待？

再來就是，她整整黑了兩個色號，外加瘦了三公斤，整個人簡直逼近非洲小黑人了。看著手臂上的色差，林雨恩哀號著。

這時候陶子仲正悠悠哉哉地躺在沙發上嗑著蘋果。

「妳去做點SPA就白回來啦。」陶子仲懶洋洋地開口：「剛好我也想研究一下台灣的芳療產業跟醫美到底還有沒有發展性，不如我陪妳去，我買單，妳就當白老鼠，妳覺得怎麼樣？」

林雨恩惡狠狠地回頭瞪了他一眼，當然後者完全不受威脅，依然自在吃著蘋果。

「又拿我當白老鼠？」林雨恩忍著想要撲上去咬人的衝動，「我不去！」

「嘿，幹麼不要？」陶子仲翻身坐起，「雖然是白老鼠，但過的是貴婦的人生，妳有什麼好吃虧的？難道妳還眞以爲自己是貴婦了？」

林雨恩一口氣哽在喉頭，險些把自己噎死。

「我不跟你說話，你該回哪裡就回哪裡，不要留著占地方。」

陶子仲剛好吃完手上的蘋果，起身把果核扔進垃圾桶。

「眞狠心，虧我還幫妳出旅費。」陶子仲抱怨。

「謝主隆恩。」

林雨恩嘗試反唇相譏，但聽在陶子仲耳中全然不是這麼回事，他大笑著擺手，「那就退下吧。」

林雨恩再度慘敗的連一點翻身機會都沒有，乾脆連話都不說了，直接拉開大門示意他離開。

陶子仲也不多留，用衛生紙擦了擦手，丟下一句：「記得打電話給你媽報平安。」便瀟灑地往門外走。

林雨恩對他做了個鬼臉，狠狠摔上門後，手機響了起來，她急急跑去接，甚至忘了看是誰來電。

「喂？」

「是我。」

她一愣，「學長嗎？」

「是，妳現在有空嗎？」

「有空有空。」她連聲應著，又脫口而出：「你好嗎？」

「見面談吧，我在妳家外面。」

林雨恩剛要坐下，又跳了起來，握著手機拉開門，魏辰學就站在門前，背著背包，一身簡單，站在路燈的光下。他還戴著帽子，膚色深了一點，身形也瘦了一點。

林雨恩眨了幾下眼睛，再見他，有種恍若隔世的感覺。

「我可以進去坐坐嗎？」他問。

去年聖誕夜那晚，他也是這麼問。

「當然可以。」林雨恩笑了起來，「學長瘦了。」

魏辰學走進屋裡，放下背包，「妳也是。」

林雨恩倒了一杯水給他，有些歉然，「不好意思，我剛旅行回來，家裡什麼都沒有。」

「沒關係。我只是剛好經過這附近。」魏辰學笑了笑，「暑假好嗎？」

「很好，學長呢？」她的眼神在他身上來回打量，「軍中生活好嗎？」

「都很好。」答完，他沒再說話。

林雨恩想了想，開口說：「我好一陣子沒有看見學姊了，好像找到了好工作，最近都在忙。」

魏辰學的臉色明顯一變，他別開了眼，「是嗎？」

林雨恩不太確定這句話到底是說對還是說錯了，但是既然魏辰學沒特別表示，她就當他也想知道江嘉瑜的事吧。

窗外的蟲兒忽然鳴叫起來，一時喧鬧不已，卻顯得屋裡這樣安靜。

她忽然想起，如果魏辰學打電話給她的時候，就已經在她家外面，那他是不是看見了她趕走陶子仲的畫面？

她想解釋，不想魏辰學誤會什麼，卻又不知道要說些什麼才好。

「其實我一直以爲妳會跟阿勳在一起。」他忽然開口，「就算妳曾經說過不可能，但是世事難料。」

「啊？」

魏辰學像是沒聽見她的這聲疑惑，「只是沒想到你們最後各自有伴。」

林雨恩笑了起來，「阿勳學長的那個我不知道，但是我的這個不是。」

她迎向魏辰學的眼睛，「學長說的是剛剛從我家走出去的那個人吧？那是我的竹馬，他只差沒認我媽當乾媽了，我一直把他當成哥哥一樣。」

魏辰學恍然大悟，「難怪你們看起來相處很親暱。」

她搖搖頭，笑得很可人。

她多喜歡魏辰學這麼在乎她的時候。

「他住在這附近，下次有機會可以介紹給學長認識。」她笑。

「有機會再說吧。」魏辰學神情溫和，眉目之間似笑非笑。「所以妳去了哪裡玩？幾次來都沒見到妳。」

幾次來？

林雨恩緩緩瞪大眼眸，迎上魏辰學那雙若無其事的眼睛。

所以，他來過很多次嗎？來找她嗎？她幾乎不可置信。

「怎麼忽然發起呆？」魏辰學用指節敲了她的額心，「有人在嗎？」

她有些困惑地看著眼前的人，是嗎？是她想的那樣嗎？還是那句話不過就是順口而出，沒有任何含意？

「所以，學長來過很多次嗎？」她還是問出口。

所以，她，有機會嗎？

魏辰學像是沒想到她會問的這樣直接，卻又好像一點也不意外。

「來過幾次，經過附近會順道來看看。」

他答得很隨意，聽起來一切都像是隨手做做。但他正在當兵，哪有這麼多假日？這麼一來二回的，豈不是幾乎每次放假都會來晃過一次嗎？

她凝視著他，很想問爲什麼？但轉念一想，如果這麼做的人是陶子仲，她不但不會覺得很奇怪，甚至會認爲理所當然。

那是不是她反應過度了？

魏辰學看著明顯恍神的她，有些好笑，又覺得可愛。

牆上的鐘敲了聲，同時喚回了各自沉在思緒裡的兩人。

「喔，這個暑假，我跟陶子仲環島去了，幾乎玩遍整個台灣。」林雨恩的思緒像是被這聲鐘響拉回，猛然答起了那個她還沒回答的問題。

這天晚上，林雨恩說了異常多的話，而魏辰學仔細聽著，像是害怕錯過了些什麼。

直到深夜，林雨恩終於把能說的話都說完了，打了個呵欠，瞄一眼鐘，才赫然發現，已經兩點，「時間過得好快！」

魏辰學溫柔地笑了笑，伸手摸摸她的頭，「我不知道妳能說這麼多話。」

林雨恩愣愣地看著那隻手從她面前放下，這是什麼意思？

她嚥了口口水，「學長，渴嗎？我去煮花茶。」

「用我送的壺嗎？」他低聲問。

林雨恩略略偏頭看他，神情裡有些困惑，卻因爲愛睏而讓染成了迷濛。

魏辰學看見這眼神，心頭一動，抬手又摸摸她的頭髮，但終究沒說也沒做些什麼。

她未曾察覺他的想法，只是點點頭，應了聲好。

林雨恩走進廚房，等著水燒開的時候，在腦海裡盤算著：都這時間了，到底是要煮安眠的花草茶呢？還是應該煮提神的？

她猶豫再三，最後還是選了後者。

她實在捨不得睡，就算魏辰學馬上就會說要走，她也想要清醒著迎接天亮，否則顯得這一夜太像是夢。

水壺裡頭的水沸騰，發出了咕嚕咕嚕的聲音。

她在免洗茶包裡放進了一定比例的花草，然後包成一包，喝完茶後，就可以直接把茶包丟了。

「妳煮的是提神的茶嗎？」魏辰學倚靠在門邊問。

她笑著點頭。

「跟我想的一樣。」

那你是不是也跟我一樣捨不得睡呢？林雨恩低下頭，臉上有些紅熱。

他頎長的身形因爲燈光而拉出了長影。

「我在我的書裡看見了妳送的書籤，有什麼特別的含意嗎？」

林雨恩想，他說的應該是之前在咖啡館裡，她偷偷夾入他書中的那張書籤。

她本想搖頭，後來只是一笑，「你猜。」

「我猜不到。」魏辰學誠實地說：「想了很久，還是不明白有什麼意思。」

林雨恩只是笑，卻不再接話。

水滾了，她關掉瓦斯，要伸手提起水，魏辰學晚她一步行動，他的手覆蓋在她的手背上。她一傻，想抽回手指，但魏辰學的手覆在其上，她不明白魏辰學的想法，想問的時候，他卻已經挪開了手。

林雨恩跟著下意識收回了手，腦子依然無法思考。

「我來吧，燙。」

他言語簡單，她無暇思考，只是愣愣看著他的手輕而易舉地將熱水沖入花草壺裡。剛剛他的手也是輕而易舉地將手掌包住了她整隻手。

他伸手拿起蓋子將花草壺蓋上，毫不費力地端起裝滿熱水的茶壺。

「妳拿杯子。」魏辰學丟下這句話，便離開廚房。

林雨恩呆傻了好一會兒才總算回過神來，她總還覺得手背在隱隱發燙。

魏辰學把茶壺放在沙發前的小桌上，林雨恩走出來，坐在他身邊的唯一空位。

是錯覺嗎？她總覺得今天的他跟過去有些不同。

「茶可以倒出來了嗎？」魏辰學像是怕驚醒她，這問句問得很輕。

「啊，可以了。」林雨恩連看都不敢看他。

有些話已經蠢蠢欲動，可是她沒有勇氣，所以害怕看他。

魏辰學斟倒出兩杯橙黃色的熱茶，茉莉花的香氣蔓延在空中，他把一杯茶放在林雨恩面前，看著她低垂的側臉，有些好笑地問：「難道妳決定一輩子都不跟我說話了嗎？」

她猛然抬頭，看見他一雙清亮眼睛，微彎著像是有些什麼要說。

「不、不是，我只是有點……」她的話說到一半，卻不知道應該怎麼接下去。

要說是有點累，那好像顯得跟魏辰學聊天很枯燥；要說是害羞，她又說不出口。

她有點懊惱地噘起嘴，「一定是時間晚了，讓我都不知道要說什麼好了。」

她的小性子讓他笑起來。

「那倒是，這時間是眞的晚了。」魏辰學柔軟地同意了。

不知道爲什麼，面對林雨恩他就是有脾氣都發不出來了，更何況是這麼可愛的彆扭。

林雨恩端起茶，啜了一口，算是略爲穩定了心神，才問：「對了，如果我今天不在，學長要去哪裡呢？」

「去火車站附近的小旅館住上一晚。」魏辰學答，也跟著喝了一口茶。

「那不是很危險嗎？」

「對男人來說還好。」

林雨恩想了想，「不然，以後，你睡這裡好了……」

話還沒說完，她已經咬住自己的舌頭，這算什麼啊！她是在邀請他來同居嗎？

「不是，我的意思是，那個，客廳可以睡，還、還是自己家……」不對，什麼自己家林雨恩越急就越懊惱，看著魏辰學一臉看好戲的表情，她乾脆閉上嘴，什麼都不再說。

「我懂妳的意思。」魏辰學見她耍起了小性子，忍著笑接話，「看情況吧，像是今天這樣，我再出去找旅館就是浪費錢了，是不是？」

林雨恩看著他，眼神裡都是譴責，這人太壞了，就是想看她出醜是吧！

「好了好了，我難得放假，妳要擺臉色給我看嗎？」他笑起來，像是哄著孩子一樣地揉著她的頭髮，「不生氣了。」

她不是擺臉色，只是不知道這時候該要怎麼說話，如果她的口舌能夠更靈巧些就好了。

「我沒有生氣……」林雨恩悶悶地說。

魏辰學天外飛來一筆地問：「那妳可以幫我一個忙嗎？」

「什麼？」

「寫信給我吧。」魏辰學看著眼前本來還有點沮喪的女孩，她的眼睛裡漸漸綻放出光彩。

「爲什麼？」是我？

魏辰學看著她，那張小臉上寫著的情意那樣明顯，他明知道不應該伸手觸摸，卻還是忍不住想靠近。

「因爲在裡頭很無聊，也沒有什麼管道可以接收到外界的訊息。」他答，然後用手指背面輕觸了她泛紅的臉頰。

開學了，陶子仲果眞天天跟在林雨恩背後打轉，轉得大家都以爲他是林雨恩的男朋友後，他卻消失了。林雨恩當然巴不得他別這樣成天跟著她，然而，自從知道他在學生餐廳找到打工後，她卻寧可他跟著自己去上課。

陶子仲就是個藍顏禍水，他在美國時，女友一個換過一個，從來就沒節制過。當然，陶子仲長得是很惹人注目，但造成這種情況的罪魁禍首，卻是他那張天花亂墜的嘴。

不知道爲什麼，他不過就是喊了聲美女，隔壁小吃店老闆也常喊啊，怎麼隔壁老闆喊的時候都沒人相信，陶子仲一喊，大家輕則低頭竊笑，重則害羞臉紅。

這世道究竟是誰瘋了？

總之，過程很難說個一清二楚，等到林雨恩注意到時，陶子仲已經風靡萬千少女了。

這使得林雨恩幾乎不敢去學生餐廳吃飯，倒也不是會惹什麼麻煩，就是看著那個從小到大一起長大的人，忽然變得像偶像明星一樣，她時時疑惑到幾乎沒胃口啊！

於是她要不就是託人買到系學會辦公室，要不就是乾脆回家吃，再怎麼不濟，總還可以到學校外面的簡餐店吃，雖然要價貴了點，但起碼安靜許多。

她都覺得再這樣下去，肯定有人要為了陶子仲弄個什麼臉書粉絲專頁了。

「學姊，會長找，他說他在C201等妳。」

系學會辦公室的門口，有個新生出聲打斷她的思緒。

這一屆的新生有幾個對系學會很有興趣，江嘉瑜畢業後，阿勳順理成章接下了會長的工作，而林雨恩則接管文書。

林雨恩困惑地起身，喃喃自語：「有什麼事情一定要到那裡說？」

C201是系學會辦公室隔壁的一間小隔間，面積大概只有半個教室大，裡面通常堆放一些系學會或是系上會用到的雜物。

林雨恩走沒幾步路就到了門前，她敲了敲，才推開門。

阿勳靠在窗邊，陽光撒在他身上，神情冷淡，「關門。」

林雨恩回身關上門，走到他面前。

「有什麼話非得到這裡來說？」她明白必定發生了什麼事。

「他們分手了。」阿勳的眼睛直勾勾地看著她，「妳知道嗎？」

「我知道。」還是第一時間就知道的。

「妳……」阿勳頓了一頓，「怎麼不告訴我？」

林雨恩一愣，皺起了眉頭，「應該要告訴你嗎？那她怎麼辦？」

阿勳知道那個她指的是誰，於是別開眼，「我原本想，如果他們就這樣一直幸福下去，那麼我也能夠退回我應該的位置，可是……」

可是他眞的很喜歡很喜歡江嘉瑜，那是幾乎刻鏤在骨頭上的痕跡，只要不透光，那紋路就像是不存在，可一旦有了希望的光，那紋路便像是雕刻精美的窗花，在他的靈魂上打出了模樣。

從聽聞消息到現在，都已經過了兩個小時，他心裡的那股激動還是散不開。除了咬牙忍耐，他沒有別的方法，只要一鬆懈下來，他眞怕自己會不顧一切朝著那個方向飛奔而去。原以爲已經絕望的事情，一旦有了一點點光，就算是稀微的星光，他也忍不住呼吸顫抖。

「學長，你想清楚了嗎？」林雨恩握著他的臂膀，「我沒有資格說什麼是對什麼是錯，可是，眞的無可避免要傷害嗎？」

「如果我不愛她，還繼續留下，是不是也是種傷害？」

林雨恩沉靜地看著他。

陽光烤著阿勳的背，有一種灼熱感蔓延。

「但問題是，你是聽了嘉瑜學姊分手的消息才這麼想的。」林雨恩一針見血，「你若本來就不愛，要分手，誰也阻止不了。」

「或者，我一聽見嘉瑜恢復單身，就激動成這樣，所以我根本不應該繼續留下。」阿勳說。

林雨恩沉默。

是，無論如何，不管先後，不愛就是不愛了，那跟其他事情都毫無相關。

「但……」她深吸了口氣，半年前阿勳對她說過的話還記憶猶新，她以爲他再也不回頭，沒想到只是因爲還沒遇上那個時間。「如果眞的是這樣，學長你不應該跟她在一起，我是說，從最初。」

阿勳抿著唇，最後低聲說：「但是寂寞。」

林雨恩嘴唇微動，但最終什麼都沒說，只是搖頭。

阿勳垂下肩，「我知道，這些都只是藉口。」

「是。」林雨恩這次應聲很快。

「那我應該怎麼辦？」阿勳看著她的眼神那樣無助。

她覺得阿勳把壞人留給她當了。照她的想法，一錯不能再錯，可若照這個結論，便是阿勳必須回去提出分手。她何苦當這個小人？

林雨恩嘆了口氣，「學長，我的答案你都明白，可是你該問的人不是我，是你自己。」

窗外的蟬鳴忽然大聲起來，遮蓋住一切聲響。

兩人四目相交，阿勳忽然問：「那妳呢？要怎麼辦？」

林雨恩看著他，「學長，我們不一樣，而且，問題從來不在他們身上，而在你身上。」

如果你不是先有了女朋友，現在想要放膽去追江嘉瑜，誰能說你的不是？

阿勳幾次從林雨恩嘴裡得不到自己想要的答案，漸漸煩躁起來。

「照妳這麼說，我怎麼選都是錯的。」他心生抱怨，口氣自然不是太好。

「一步錯，步步錯。」林雨恩很平靜地說：「但套一句我那竹馬說過的話，他說：『只要身份證的配偶欄裡面沒有別人的名字，從法律層面上來說，就都是單身。』」

林雨恩安靜了幾分鐘，在阿勳開口前又說：「學長你只是過不去自己的良心，可是難道你要這樣拖到結婚嗎？」

「不可能。」阿勳的反應極快，像是這個選項從來就不曾在考慮範圍內。

「既然你已經有答案，那麼我就不再多說了。」林雨恩說完當眞閉上嘴，轉頭看向窗外景色，要怎麼決定，終究不是她的問題。

等了一會兒，她見阿勳並沒有要再說話的意思，就默默退出房間。

回到系學會辦公室，大家都用疑惑的表情看她，她只是收拾好自己的東西，便先行離開。她本來還準備將資料整理好，這下心情自然全沒了。

她打算回家，卻在上公車的那一瞬間，決定要去咖啡館，坐在老位置上，喝著魏辰學推薦她的拿鐵，然後回信給他。

不管陶子仲是怎麼取笑寫信這件事，但她是很喜歡的，喜歡到不願意用打字，而是一筆一劃手寫。

坐在咖啡館裡，她取出昨天收到的信，又看了一次，才提筆回信。

這些日子，她和魏辰學維持著一星期一封信的聯絡頻率。

魏辰學有時會跟她說點軍中有趣的事，有時候則是跟她分享回憶。她就像是看故事一樣，細細讀著這些信，然後讓自己也成爲故事當中的一個角色。

她才剛寫好，阿勳卻突然現身在她的桌邊，「我能坐下嗎？」

林雨恩有些詫異，他現在該找的人是她嗎？

「請。」

阿動拉開椅子，「我去妳家找不到妳，打手機妳也不接，就直接來這裡碰碰運氣。」

「手機？喔，我轉成靜音了。」林雨恩把手機拿出來看了一眼，果然有好幾通阿動的未接來電，她困惑地看著他，「學長找我做什麼？」

「我分手了。」他言簡意賅，下一句更直接，「我需要一個避風港。」

她失笑。這是怎麼了，她長得像是避風港？還是臉上寫著「分手之後就快來找我」？

「我可以怎麼幫你？」她又不是專業的心理諮商師，上次魏辰學來找她，她所有的動作都是發自內心而爲，但她實在對阿動沒有任何想法。

他苦笑，「妳陪我坐一會兒就好。」

她頷首表示同意，「那我幫你點杯飲料吧，吃過了嗎？」

「還沒。」阿動搖搖頭，「我不餓。」

她笑著拍拍他的手背，「別弄得像是失戀，該吃還是要吃，身體要有能量才有辦法將所有事情都處理好。」

不是提分手的那個人就一定快活。

林雨恩看著他，笑了笑，正要起身，桌邊又出現一個女生。

「她是我們分手的原因嗎？」

那個女生的表情寫滿怨恨。

這是林雨恩的第一個感想。

再來的事情就完全超出她的意料，她狠狠挨上了一巴掌，迅雷不及掩耳，一個又紅又辣的手掌印在她臉上。她下意識舉起手摀著臉，有些呆住了，看著阿勳扯住那個女生的手腕，然後擋在自己面前。

看著他們大聲吵鬧，她完全反應不過來，這到底是發生了什麼事？

眼角瞄到桌上的手機，她拿起來打給陶子仲。

陶子仲到了咖啡館時，阿勳已經跟店家要了一袋冰塊讓她冰敷，那個女生仍舊非常怨恨地瞪著她。

林雨恩其實想笑，但又怕更加激怒她。這是什麼花系列的劇情啊？太莫名其妙了。

陶子仲一眼就看見林雨恩像是沒事人似地坐在位置上，要不是她手上還拿著冰塊，他都要以爲這只是個整人遊戲。他走到林雨恩旁邊，大手拉過椅子落坐，瞪了坐在對面的兩人一眼，然後轉頭問：「恩恩，妳還好嗎？」

林雨恩把冰塊放下來，「還好，已經不太痛了。」

阿勳和那個女生有些驚訝，這不是那個最近風頭很健的學生餐廳工讀生嗎？

「所以妳喜歡的是這男人嗎？」陶子仲連看都沒看，只是用拇指隨手朝阿勳一比。

「不是。」林雨恩搖搖頭。

陶子仲冷笑著問：「那就是一場誤會不說，妳還挨了打？」

「呃……對。」她開始有點後悔幹麼叫陶子仲過來。就算是從小習慣一發生糾紛就找他解決，但這件事情完全不需要他插手啊，實在是她剛剛整個被打傻了，完全習慣性動作。

「很好，我現在帶妳去驗傷，直接提告。」陶子仲也不廢話，更不打算要跟對面那兩個人多說些什麼，他抓著林雨恩的手腕就要起身。

「等等。」阿勳喊住他，「這件事情是我們不好。」

陶子仲斜眼看過去，「你是阿勳？恩恩提過你。」

「是。」

「前女友？」他冷眼看著那個女生，她至此終於明白自己從頭到尾都誤會了林雨恩。

「是。」阿勳答。

陶子仲雙腿交疊，雙手環胸，冷冷地看著阿勳，「這事情，跟你無關，勸你別管。就算她是你老婆，也跟你無關。」

「是我的錯。」

「從法律層面來說並不是。」陶子仲哂然一笑，「我並沒有要跟你們聊什麼人情義理，一切都上法院見。」

那女孩急了，「我只是打了她一巴掌！」

陶子仲挑眉，「既然妳都說『只是』了，那妳怕什麼？」

她無言以對。

「學妹，妳眞的要提告嗎？」阿勳畢竟聰明，知道這件事情的重點還是在林雨恩身上，「妳知道，瑄瑄不是故意的。」

「不是故意的就能呼人巴掌，要是故意的豈不是要殺人了？」陶子仲冷言冷語地譏諷。

「不過我現在倒是知道，你幹麼要跟她分手了，就這種水準，早該分了。」

這話踩到瑄瑄的痛腳，她氣急，哭了出來。

阿勳都還來不及勸解，陶子仲又說：「這就是做賊的喊抓賊是吧？我們家恩恩被打都沒哭了，妳這打人的還嫌手疼？好不好意思啊？」

瑄瑄的眼淚掛在眼角，卻不再淌。

當眼淚毫無用處的時候，也不會有人想再哭。

「阿仲，算了，反正我也沒事，他們的事情讓他們自己去解決吧。」林雨恩拉拉陶子仲的袖子，「我就是一時嚇傻了，不然我可以自己處理的。」

「妳算了吧妳，妳要是能處理，還會等到我來？」陶子仲火力一開，就連林雨恩也挨流彈。「我的字典裡沒有『善了』這兩個字。」

「那到底要怎麼樣，你才可以不提告？」阿勳好聲好氣地問。

這次林雨恩搶在陶子仲之前說：「道個歉就行了。」

「不可能。」陶子仲昂首，他根本沒打算要跟林雨恩說些什麼，只是看著阿勳和瑄瑄，「打人只要道歉就沒事，這世界上還有什麼公平？」

「可是她失戀了。」林雨恩搶著說，「算了吧……」

「她是失戀不是失智。」陶子仲對著瑄瑄罵，「連問都不問一聲，還是問了卻根本就不相信別人說的，妳究竟想要什麼答案？是想要眞實還是只是想要妳自己想要的？」

瑄瑄讓他罵得說不出話來。

「根本就沒準備好要答案，就不要追問。」陶子仲說。

「我也沒準備好要分手！」瑄瑄吼。

「從你們交往的那一天妳就該有這種心理準備！」陶子仲根本就沒把瑄瑄的情緒放在眼

裡，「別扯藉口，妳就該爲自己負責任。」

「還有你也是。」他罵瑄瑄還不夠，轉頭看向阿勳，「要分手就得好好跟人家說清楚，她要賞你巴掌你也只能認了，別放出來禍害別人，是不是男人啊你！」

「最後是妳。」陶子仲瞪著林雨恩，良久才恨恨地說：「算了，妳要是有救，也不會挨這個巴掌。」

「我是無辜的耶。」林雨恩錯愕地看著陶子仲。

「我才是無辜的。」陶子仲學著她的表情。「妳的人格特質眞是天生替妳找麻煩，沒有我的這幾年妳到底怎麼活下去的？」

林雨恩扁嘴看他，「沒有你我活得更好。」

「還強嘴！回家啦，這對情侶，噢，前情侶，莫名其妙的鳥劇情，妳跟著攪和什麼？」陶子仲站起身，順手提起林雨恩的包，「妳應該知道什麼花草茶可以消瘀血吧？我看妳這個臉明天肯定要腫。」

林雨恩看這情況就知道陶子仲那句要提告只是氣話，既然他打算鳴金收兵，那她就該把握機會趕快跟著他回家，省得這傢伙出爾反爾，下一秒又忽然覺得這樣太吃虧了。

「你們好好聊清楚，我們先走。」林雨恩臉腫得說起話來有點口齒不清，但話還沒說完，人已經被高頭大馬的陶子仲給拉走。

步出咖啡館，天色已經暗了。

站在門口，陶子仲心疼地摸著林雨恩的嘴角，「咬破了？」

「嗯。」她點點頭。

「我還是回去再揍那女人一頓好了。」陶子仲咬牙切齒。

「可是我想回家了。」鬧了這一陣，她是真的累了。

陶子仲見狀，也只能深吸口氣妥協。

路上順道寄了給魏辰學的信，林雨恩一回到家裡洗完澡，倒頭就睡了。

連著四、五天都忙著上課、寫報告，她沒去系學會，何況頂著一張紅腫的臉去，見了熟人也是尷尬。

至於陶子仲，倒是天天都帶著晚餐來探望林雨恩，她一開始只能吃點流質食物，這幾天已經可以吃些容易入口的麵包了。

「妳好點沒有啊？」他長腿很豪邁地交叉，斜靠在沙發上看著林雨恩。

「差不多啦，傷口都在收了，只是還有點痛。」林雨恩在這方面倒是誠實，「你明天不用過來啦，我可以在附近買麵吃就好。」

陶子仲只是哼了聲，沒有說好或不好，又問：「那對情侶的後續你有沒有追？」

林雨恩噗哧一聲笑了出來，「你說得好像是在看小說還是什麼的。」

「我是啊。」陶子仲很大方地承認了，「就是在看戲。」

想起阿勳，林雨恩淡淡地嘆了口氣。

「幹麼？」

「阿勳學長曾經說過我跟他很像。」從某個角度來說，他們確實有很相似的地方，只是她的溫柔套用在他身上卻顯得太軟弱，她的固執轉移到他身上又太狠心。

陶子仲笑哼：「像什麼像？就憑他？」

林雨恩靜待著他的毒舌下文。

「看什麼看，反正我不喜歡那男人就對了。」他沒好氣，「就算某個層面的某種程度是相似的，那也別往自己臉上貼金，我還不想踩大便呢。」

最後這句話逗得林雨恩哈哈大笑：「你是不喜歡我身邊的所有男人吧。」

「我是啊。」陶子仲很坦然，「開什麼玩笑，就那群混帳，配妳不上。」

林雨恩搖頭笑嘆：「你比我爸還像我爸。」

「林爸爸那是脾氣好，我可沒這麼好脾氣。」他換腿交疊，還想要再說什麼，門鈴響了。

「我去開，妳把東西吃完。」

陶子仲拉開門，門外站著的是魏辰學，兩人互相打量了幾眼，魏辰學先開口了。

「陶子仲？」

「嗯哼，想必你就是魏辰學了。」

「雨恩提過你。」

「我想也是。」

聽到他們的對話，林雨恩急急跑到門前，「學長，你怎麼來了？」

「放假了。」他的眼神在林雨恩臉上來回看著，「痛嗎？」

「看來很有戲啊。」陶子仲笑起來，「你怎麼知道恩恩被打了？」

「我聽說的。」魏辰學笑了笑，眼神有些尖銳，「你的防備心眞重。」

陶子仲皺眉，林雨恩拉了拉魏辰學，「學長先進來吧。」

陶子仲轉身往屋裡走，魏辰學又看了她一眼，「打得重嗎？」

「當然重啊，我差點都要去告她傷害了。」陶子仲在屋裡喊。
林雨恩只是一笑，「現在都快好了。」
魏辰學走進屋裡，三人圍著餐桌而坐。
魏辰學仔細端詳她的臉，「現在都還有點腫。」
她傻笑，實在不知道要說些什麼才好，完全誤會一場，就是要抱怨都不知道要從哪裡開始抱怨。
「你怎麼會知道？誰告訴你的？」陶子仲問得很理所當然，好像魏辰學就應該要告訴他一樣。
林雨恩才想開口緩場，魏辰學已經說：「瑄瑄跟我說的。」
「啊？」她一愣
陶子仲直接哈哈大笑，「會做這種事，這女人的智商有待商榷。」
「你好壞。」林雨恩噗嗤一聲笑了出來。
「少來，妳也笑了，可見妳也是這麼想的。」陶子仲伸手捏了捏林雨恩沒受傷的那邊臉頰。「想裝好人是吧，我偏不放過妳。」
林雨恩笑著拍掉他的手，「你自己當壞人還想拖我下水。」
魏辰學在一旁看著他們互動，也覺得有趣。
「不過我挺好奇瑄瑄爲什麼要跟你說這個，你們很熟嗎？」陶子仲忽然轉頭問：「這其中該不會有什麼貓膩吧？」

第六章　永別

最怕的是只能看著，連伸出手的機會跟資格都沒有。

魏辰學看著陶子仲，「瑄瑄爲了其他事來找我，雨恩這件事是她無意間脫口而出的。」

他一頓，笑問：「你不會連我的私事都想過問吧？」

即便笑著，魏辰學這句話還是問得很具攻擊性。

陶子仲挑眉，在這個間隙，林雨恩插嘴：「學長，你不要理他，他直言直語慣了。」

一聽見這話，陶子仲有些不可思議地看著林雨恩，認識這麼多年，他從來不曾聽過林雨恩說過類似的話語。

「這倒是還好。」魏辰學像是心情很好，又問：「有茶嗎？我有點渴了。」

「有，等我一下。」

林雨恩走進廚房，陶子仲的眼神立刻轉爲犀利。

「你想追我家恩恩？」陶子仲問得一針見血。

「相處得來。」魏辰學不疾不徐接招。

「那就不是很喜歡嘍？」陶子仲追問。

「閣下的眾多前女友，應該也不是都因爲很喜歡，所以才在一起。」魏辰學彎起嘴角，

「你只准州官放火？」

陶子仲緊緊皺起眉。有些事情就是自己能做，但是不允許別人做，怎麼樣他也不能讓林雨恩受傷。

林雨恩端著冰茶回來，感覺到他們之間的氣氛不是很好，一邊把冰茶放在兩人面前，一邊小心翼翼地問：「發生什麼事情了嗎？」

「沒事。」魏辰學拿起杯子喝了口茶。

「我有事，要走了。」陶子仲臉色很差，「明天再過來看妳。」

林雨恩覺得自己應該留下陶子仲的，但是陶子仲跟魏辰學似乎並不是這麼合得來，要她留下他，然後看著大家尷尬，她實在很爲難。

陶子仲走得很急，林雨恩都還沒想出應該怎麼辦，他已經離開屋子。

她無奈，不知道陶子仲又忽然生出什麼事情，只得轉頭問魏辰學：「學長，你們剛剛說了些什麼？」

魏辰學沒答，只是伸手摸了摸她沒有受傷的那半邊臉。

「其實也算是我們的事情牽連到妳。」魏辰學開口，「幸好沒出什麼大事。」

林雨恩笑了笑，下意識撫著他摸過的地方，覺得自己怎麼樣都沒辦法將剛剛他手指貼近的那種觸感忘記，彷彿不過是偶然路經，他卻已在她生命裡留下了痕跡。

「本來就沒有什麼事情。」

「妳個性眞好。」魏辰學直勾勾地看著她的眼睛，「有什麼事情可以激怒妳嗎？」

她思索了一下，搖搖頭，「不記得了，但應該有。」

「我很懷疑。」他笑起來。

比起憤怒這種情緒，她更經常有的是困惑，她經常不能理解，為什麼其他人會這麼做。就像她也不能明白，瑄瑄去找魏辰學的目的，居然是希望魏辰學跟江嘉瑜合好。是啦，從某方面來說，也算是從根本解決問題，只是她總覺得啼笑皆非。

魏辰學和林雨恩聊了一整夜，直到天亮，才一起走到巷口買了早餐回來。

「所以學長對於阿勳學長這件事是怎麼想的呢？」林雨恩問。

「妳希望我怎麼想？」魏辰學笑咪咪地看著她，這一整個晚上，他心情一直很好。「妳沒有別的想法嗎？」

「我？」她覺得自己的呼吸停了一瞬，早晨的陽光從窗外撒進屋裡，黃澄澄的，幾乎讓人看不清。

她深吸了口氣，勉強笑：「我沒有話事權。」

「妳可以有。」魏辰學一頓，補充道：「如果妳有的話呢？」

她不懂這句話裡的暗示是什麼意思，是她想的那個意思嗎？她可以有嗎？

「我想，如果是我的話，」林雨恩猶豫了一會兒，她低下頭，看著眼前的早餐，忽然沒了食慾，「如果是我的話，我不想後悔。」

如果是魏辰學的話，他的不後悔，也許就是回去找江嘉瑜。

「幹麼苦著一張臉。」魏辰學敲敲她的腦袋，「太入戲了？那不過是如果。」

她笑，心頭還是泛著苦，「沒事。」

那張小臉，怎麼是沒事的臉？

魏辰學明白，但沒追問，卻也不想由得她耽溺

「今天是星期六，等一下妳想去哪裡？我還有一整天的時間，明天才收假。」

林雨恩有些困惑，但潛意識的反應比她的腦袋快，心裡尚且困惑著，臉上卻已經溫暖地笑了起來。

「可以嗎？」

「可以。」魏辰學笑著對她點頭，指向桌上的早餐，「先吃吧，時間還很早，吃完休息一下，我們可以去看電影，然後去吃東西。」

她頓時覺得這早晨的光彩，再怎麼燦爛也比不上魏辰學現在的目光。

哪裡捨得休息？能見他的時間這麼少，她恨不得每一刻都能夠看著他。但是他不是她，這個渴望是她的，不是他的，所以，她順從地開口：「好。」

魏辰學好笑地看著她，那張小臉幾乎藏不住任何想法，苦與甜都能一眼看見，即便他不清楚原因。

看著她端著咖啡慢慢喝著，他臉上泛起淺笑，每次來見她，她總能用最溫柔的態度迎接他。也許溫柔眞的是最強大的禁咒，他並不明白爲什麼，但有機會，有時間，他就想來這屋子裡坐坐，待上一夜，跟她說上整晚的話，累歸累，但心靈上卻很滿足。

林雨恩用眼角餘光偷覷著魏辰學。

她覺得自己太幸運，期望的事情，眞的有發生的可能，而且沒有傷害到任何人。

阿姨說的話，她可以理解，結婚都能離婚了，可是她依然有自己的堅持，爲了愛去傷害別人，她眞的辦不到。

事情朝著她最希望的地方前進，她已經太幸福。

最怕的是只能看著，連伸出手的機會跟資格都沒有，就像阿勳一樣。可是，現在她想的事情都在成眞。

魏辰學看著愣愣發傻的她，伸手輕敲她的額，看著她瞪大眼睛回神的模樣，忍不住笑出聲來。認識她後，他多了不少新習慣，像是習慣了花草茶的味道，習慣了在週末的深夜與她聊天，習慣了用指節把她從她自己的思緒裡頭喊出來。

「快吃。」

「嗯。」她眞喜歡他眼中有著她的模樣。

她忽然明白，原來愛就是這樣的，期待那個人的眼中，有著自己，只有著自己。

實在是累極，吃完早餐，林雨恩將客廳的空間留給魏辰學，回到房間裡，剛梳洗好躺上床，還在想著等一下要看什麼電影，下一秒人就睡著了。

再醒來的時候是驚醒的，她從床上跳起，赤著腳跑下樓。

魏辰學還在睡，他來過幾次，林雨恩整理出一床乾淨的棉被跟簡易床墊放在樓下，讓他自己使用，因此他也算是熟門熟路了。

她踮著腳，輕輕走到魏辰學身旁，將近中午十二點，他依舊睡得深沉。

眞想每天醒來都能看見這樣的畫面。

林雨恩跪坐在他身旁，想得入神，卻不其然對上魏辰學的目光，他的目光清澈見底，深黑的眸子緊緊盯著她。

林雨恩有些不好意思，想要退開，魏辰學卻坐起身，一手扶著她的後腦，吻了上去。

像是吃著軟糖，空氣裡都瀰漫著柔軟的氣味。

她身上那是什麼味道？很適合她。他這麼想著。

唇舌繾綣，慢慢分開，她雙頰緋紅，卻襯得雙唇鮮嫩。

他們額頭相抵著，她有些茫然無措，他卻笑了。

「不滿足嗎？」

「什麼？」

她還沒想通，魏辰學已經坐正身子，將林雨恩安置在自己腿上、自己懷中，深深地吻著。

就這樣，一直安穩下去吧。

過去的日子都讓其過去，未來的日子，如果身邊是這麼一個可人兒，這樣善解人意，也許就不會再有任何爭執。

要說他怕了也可以，但他真的厭煩了那一切，無止盡的爭吵，無止盡的分手又和好。

他現在只想要好好安頓下來，在這個像杯花草茶一樣撫慰人心的女孩身邊，將自己的身心都安放在這裡。

林雨恩軟軟地依靠著他，她側耳聽著他的心跳。

這一聲聲的心跳裡，可曾摻進一點點她？

「我們在一起吧？」魏辰學輕輕地問。

她仰起臉，有些錯愕，從心底湧上的卻是難以控制的喜悅。

「好。」那一瞬間，她什麼都不想知道，那聲聲心跳裡，有沒有她也沒關係了。她只想要好好回應這句話，回應眼前的這個人。

「中午妳想吃什麼？」他手指繾綣地順著林雨恩的髮，這麼柔軟的髮絲，一定很難保養吧？

「吃飯好不好？」她問。

「好。」

兩人各自準備了一下，便攜手出門。

攜手，她覺得這兩個字很老套，但這麼讓人幸福，她可以握著魏辰學的手在街上走。

兩人選了一間裝潢可愛的簡餐店，才坐下來沒多久，桌邊突然來了個人。

「學長，學妹。」阿勳的眼神在兩人身上移動，「一起吃飯啊？」

「是啊，一起吃吧。」魏辰學若無其事地招呼他，挪開位置讓他坐下。

阿勳打量林雨恩的眼神非常明顯，他急於想要弄清楚一些事，像是魏辰學跟江嘉瑜是不是當眞結束了，就連一絲絲死灰復燃的可能都沒有？

林雨恩招手喚來服務生，阿勳接過菜單，卻心神不寧，眼神一直在他們身上來回穿梭。

「學長，你先點餐吧。」林雨恩開口，沒想到會遇見阿勳。

她覺得這一切都像是夢一樣，雖然是走一步算一步，但每一步都這麼不踏實。

阿勳隨意點了義大利麵，等候上菜時，還是不停地盯著他們看。

魏辰學明知道他想問些什麼，卻只是慢慢吃著眼前的餐點，林雨恩當然也就不好說些什麼。

「你們怎麼會湊在一起？」阿勳堆起淺笑。

林雨恩忽然笑出聲，是啊，她也眞想知道是什麼原因使他們湊在一起。

魏辰學笑睨了她一眼。

阿勳微瞇著眼看著他們的互動。

有鬼。

「莫非你們在一起了嗎？」阿勳問。

合理懷疑，大膽猜測，阿勳覺得在這事情上頭，他完全可以賭上一把。

林雨恩將目光投向魏辰學，想知道他會怎麼回答？

魏辰學伸手順了順她的瀏海，低垂眼眸，有幾秒鐘的時間，他沉默著。

「是啊。」

聽見魏辰學開口這麼說，不只是阿勳，就連林雨恩也鬆了一大口氣，她這才注意到，自己原來一直都是屏著氣的。

原來她比她想像的還要害怕這段關係只是一場夢，聽見這答案，她才明白，他們已經是可以踏踏實實地一起牽手逛街的一對人了

阿勳看著她的表情，很能理解她爲什麼會這麼滿足。

「謝謝學長。」阿勳笑著說。

謝謝你願意把這個位置空出來，就算沒有可能，還是想要搶上一搶。

魏辰學微笑地看著他，「不用客氣。」

「我要走了。」阿勳連一刻都不想浪費，迫不及待想要到那個人身邊。

「東西不吃了嗎？」林雨恩驚問，他點的餐都還沒送上來呢。

「不吃了。」阿勳笑，「也謝謝妳啊，學妹。」

「你該跟她說的不是謝謝，是抱歉吧？」魏辰學打趣地說：「她那一巴掌，挨的沒有道理。」

「這麼快就幫學妹說話了？」阿勳故作驚訝，笑著瞪大眼睛，「我懂了，這餐我請客，謝謝你們。」阿勳說完，急匆匆地跑掉了。

「我沒有要他請客啊。」林雨恩笑看著阿勳的身影從落地窗前跑過去。

「我有。」魏辰學嚴肅地點點頭，看見她錯愕的眼神，忍不住笑出聲，「我開玩笑的。」

林雨恩像是發現新大陸一樣看著他。

「幹麼這麼看我？」

「我不知道你也會開玩笑，我第一次遇見你的時候，還以爲你無論如何都不會有這種表情。」

魏辰學回憶起初次見面，「我第一次遇見妳的時候，以爲我在樹下撿到一個精靈。」

林雨恩詫異，也跟著回想起那一幕，「明明不過是去年，卻好像是很久之前的事了。」

「是啊。」他看向窗外，這麼近，卻已經這麼遙遠。遠的他已經決定轉身離開，不再回頭。

「你在想什麼？」她問，看見魏辰學的眼神又急忙補充，「不能說也沒關係。」

魏辰學嘆氣，「我不過在想，下次要換家店吃飯，省得又讓人打擾。」話說完，他無奈地瞪她一眼，「別這麼小心翼翼地對我，妳可以對我任性、發脾氣，有什麼事情我們都可以一起解決。」

林雨恩一愣，緩緩低下頭，滿足地微笑。

隔天，魏辰學收假回營。

林雨恩仍舊維持著過去的生活，但有些什麼已經隱隱不同，像是她臉上偶爾會出現的笑容，小臉上閃動著的幸福光采。

只是那天之後，她原以爲阿勳會充滿幹勁，但她在系學會辦公室遇到阿勳時，他有時那樣歡愉，有時卻那麼沉默，簡直像是兩個不同的人。

她不能明白，爲什麼要把自己弄得這樣，他本來是個這麼明亮陽光的男人，但又不好過問太多，畢竟那是別人的私事，而且她實在害怕阿勳追問有關魏辰學的事，她還不知道應該怎麼說呢。

於是這件事情就一直讓她擱置著，然而，很快她便解開疑惑。

有些事情，人不去找，自己就會找來。

這天系學會開會開到一半，瑄瑄闖了進來，門一開，人未語，淚已滿面。

瑄瑄走到阿勳面前，那雙紅腫的眼睛看著阿勳。

「你爲什麼躲著我？」瑄瑄並沒大吼，但音量足夠讓全部的人都聽見。

大家都是一愣，包括阿勳。

「對不起，我們還在開會。」有人首先反應過來，客氣地說。

但瑄瑄當然一點都不願意理會，如果她眞的在意也不會就這樣闖入會議，她只是定定地看著阿勳，「爲什麼？」

「我們先出去吧。」林雨恩接收到阿勳眼睛看過來的求救訊息，站起身想把大家都先請出會議室，她無法爲阿勳解決這件事，但至少可以幫他留點面子。

大家紛紛起身，卻被瑄瑄哭著要求大家留下來爲她說句公道話。

「妳不要這樣。」阿勳總算開口，他重重地抹了把臉，「該說的話我都說了，妳……究竟想要怎樣？」

「我不想要怎麼樣，我只想要我們好好的！」瑄瑄哭著嚷：「我還這麼愛你，你卻已經要離開了，你讓我怎麼辦？」

林雨恩看著大家，只覺得無奈，這種時候要大家離開已經晚了。

「妳非得把場面搞成這樣嗎？大家都在。」阿勳的眉頭皺得像是這一生再也鬆不開。

「如果不這樣我找得到你嗎？」瑄瑄啜泣，「我不懂，我不懂，爲什麼你不愛我了？」

「跟妳無關，是我的問題。」阿勳深吸了口氣，「答案妳早就知道了，我愛上了別人。」

或者應該說，一直都是愛著別人的。

林雨恩在心裡想著，知道內情的人，看著這種場面，格外心酸。

只是剛好妳路經了他的身邊，獲得短暫的關注跟緣份，但是，不是妳的，終究不是。

瑄瑄咬緊牙關，消瘦的臉龐因此繃出了肌肉的線條。

「好了，妳還想知道什麼，既然妳都找來了，那就趁著大家都在，我都說個清楚，這罪名，我敢做就敢當。」阿勳閉上雙眼，語調平鋪直述，「我就是個混蛋，浪費了妳幾個月的時間，我道歉。」

瑄瑄流淚的模樣，那樣無助。

在大家面前，都能夠把話說得這樣直接，是不是眞的無可挽回？

阿勳拉了張椅子坐下來，「妳還想要如何？」

這話裡沒有責備，沒有尖銳，只有濃濃的疲倦。

「我已經很盡力了，知道對不起妳，但是妳想要的，我眞的給不起。」他深呼吸，一臉坦然地看著瑄瑄，「如果可以，我也想愛妳，如此一來我們兩個人都很輕鬆……」

「我做錯了什麼？」瑄瑄的眼淚順著臉龐的邊緣匯聚在下頷，再也承受不住，墜落。

林雨恩看著瑄瑄的側臉，只覺得可憐。

沒有，妳什麼也沒有做錯，妳只是，不是她。

阿勳搖頭，「妳這些問題，我都回答過了。妳反覆追問，也不可能改變答案。」

「讓我留在你的身邊。」瑄瑄幾近哀求地說：「就跟以前一樣，我們像以前一樣過日子，你可以不愛我，只要留在我身邊。」

阿勳搖頭，「不可能了，回不去了。」

「可以的！」

「妳不要傷害妳自己也不要再傷害我了！」阿勳口氣明顯加重，「夠了！放過我。」

瑄瑄雙手撐在桌邊，身形有些搖搖欲墜。

「你爲什麼就是不能愛我……」她喃喃自語，隨後奔出了會議室。

這場戲在毫無預料中上演，又在毫無預警下結束，會議室裡沉寂一片，林雨恩在阿勳臉上看見萬分疲憊的痕跡。

「我們要繼續開會嗎？」不知道是誰這麼問。

雖然聽起來像是在詢問大家，但其實問的只有阿勳一個人。

「開，先休息十分鐘吧。」他答，「我去買杯咖啡。」

「我陪你去吧。」林雨恩立刻接話。

阿勳感激地看了她一眼。

系學會的大家看著他們，有關他們兩人的緋聞從來就沒停過，如今前任女友都已經鬧到這裡來，他們兩人還能一起去買咖啡，這到底是怎麼樣的劇情？

林雨恩當然知道大家的眼神寫滿困惑，但是關於這些，她管不了，也不能管。如果真的能控制別人心中的念頭，那阿勳第一件想做的事，大概就是請瑄瑄不要再愛他。

兩人一起走出會議室，一路上安靜無語，直到買完咖啡，阿勳才嘆了口氣，彷彿希望胸臆中的愁緒都能藉著嘆氣一吐而去。

「沒想到瑄瑄的個性這麼激烈。」林雨恩先開口。

「我也沒想到。」阿勳苦笑，「我什麼方法都試過了，但是她還是這麼偏執，也許我真的從開始就錯了。」

林雨恩拍了拍他的臂膀，「我沒有什麼話能安慰你，不經一事不長一智。」

「這經驗太昂貴了，我買不起。」阿勳連連搖頭，唇角澀然。

林雨恩想笑，但也只覺得苦。

「不過，她的精神狀態還好嗎？」林雨恩壓低音量，「我不是罵人喔，我只是覺得她的情緒波動似乎有些過於激烈了。」

「我不知道。」阿勳又嘆了口氣，就算知道他也不能怎麼辦，他現在只想要努力讓一切回歸平靜。

開完會，阿勳跟林雨恩才剛回到系學會辦公室，就聽見外面鬧哄哄一片。

「我去看看。」林雨恩起身，推開門走出去。

「我跟妳去，這麼吵，不知道是發生了什麼事。」

一走過去，看到那邊圍觀的人群像是炸鍋一樣，臉上神情皆是激動與震驚，阿勳跟林雨恩兩人一臉茫然，顯得有些突兀。

人群紛亂的討論言語傳入耳中，兩人對望，眼裡滿是憂心與不可置信。

跳樓自殺了？

誰？

在這裡?!

林雨恩差點就忘了要怎麼呼吸，是她想的那個人嗎？

阿勳的情況並不比她好到哪裡去，一臉慘白，幾乎沒有血色。

林雨恩抓住其中一個從身邊經過的人，急匆匆地問：「是誰?我們系上的嗎？」

在這緊要關頭那人本來要走，一看是她和阿勳，便停下來說了經過。

阿勳在旁聽著，覺得全身的血液從頭冷到了腳底。到底是怎麼樣的傷心無望，才會讓瑄瑄這麼決絕地從頂樓往下跳？

林雨恩扶著阿動的手肘回到系學會辦公室，裡面空無一人，沉靜的室內只有空調的聲音，四面慘白的牆，鋪天蓋地地圍了過來。

「雨恩，她……還活著嗎？」阿動聲音顫抖。

林雨恩愣了一會兒，搖搖頭：「我不知道。」

兩人沉默了好一會兒，她起身走到窗前，樓下的新聞記者已經離開，封鎖線還圍在原地，圍觀人群也散了。

「學長……」林雨恩還想說些什麼，但手機的振動聲分去了她的注意，接通手機，低聲說了幾句，交待一些事情，很快就掛斷。

「諮商中心的人打電話給你，你沒接，所以就打給我了。」林雨恩轉頭看著阿動沒有表情的臉，嘆了口氣，又打了通電話。

很快，心理諮商中心的人跟陶子仲都來了。

陶子仲一進門便把手裡提的熱湯放在桌上，走到林雨恩身邊坐下。

諮商老師對著他們點點頭，林雨恩把熱湯倒出來，跟三明治還有飲料擺在一起，放在阿動手邊。

「你們慢慢聊，我先離開。」她拉拉陶子仲的手。

陶子仲跟著林雨恩回到家裡，沿路無語，實在不知道該說些什麼。瑄瑄是生是死都還不知道，此時此刻彷彿多說一句都顯得有些不道德，也不忍心。

陶子仲擔心這件事終究還是爲林雨恩帶來影響，於是堅持留在客廳過夜。

果然到了半夜，他還沒睡，林雨恩穿著睡衣從樓上走下來。

「怎麼了？」他若無其事地問，「妳明天早上沒課？」
「五六七八節。」這意思很清楚，她下午才有課。
「那正好，我明天也沒排班。」
林雨恩沒有深究，陶子仲怎麼會這麼巧剛好沒排班，但既然他都這麼說了，就表示他心意已定。這是她多年來跟陶子仲相處得來的經驗。
「我不太會泡茶，這種時候妳覺得喝什麼茶比較好？」陶子仲一邊問，一邊在沙發上鋪好了棉被、枕頭。
林雨恩想也沒想就說：「這時間，喝薰衣草最好，加一點甜橘跟芙蓉花，很好入口。」
「比例呢？」陶子仲又問。
林雨恩向廚房走去，「還是我來吧，其實沒有什麼比例，全憑直覺。」好喝跟不好喝，就在直覺下見眞章。茶煮好了，滿屋飄散著薰衣草香。
「妳失敗過幾次，才學會煮出好喝的茶？」陶子仲看著眼前色澤泛著淡紫的茶，嗅了嗅才喝了口。很多事人們以爲是直覺反應，其實只是多練習、多失敗，然後自然就會慢慢進步，慢慢變成直覺。
「不知道耶，反正甜橘不要放太多。」
「原來不能太甜？」陶子仲不明白其中原因，只聽懂那個甜字。「我以爲越甜越好。」
林雨恩沒說些什麼。
若味道只是甜，甜到了最後就會讓人反胃。
就像阿勳跟瑄瑄一樣，假如從來不曾在一起，假如瑄瑄從來沒嘗過待在阿勳身邊的甜味，那麼現在她是不是就不會痛苦到決定放棄自己的生命？

「阿仲，你覺得阿勳跟瑄瑄的事，到底是哪個環節出了錯？」林雨恩捧著熱茶，啜了好幾口，她雙眼裡有些迷茫，是真的想不通。

「那女的有毛病。」陶子仲倒是絲毫不留情面，「阿勳已經盡力了。」

「是嗎？」林雨恩傻傻地盯著眼前的茶水，「她只是太愛了。」

「我才不相信這種鬼話。」陶子仲搖頭，哼了聲：「自殺是想要得到什麼？活著都拿這人沒辦法了，死了還想幹麼？」

「你太堅強了。」林雨恩說。

「我只是正常。」陶子仲吹了吹眼前的茶，「自己的心自己保護，自己的自尊自己保護，自己的生命自己愛，妳很愛妳自己的時候，妳就什麼都不怕了。」

「這樣只是害怕受傷。」林雨恩睜著水亮的眼睛看著陶子仲。

「妳把自己的心交到別人手上，然後又說一句，這是真愛，就打算得到外交豁免權嗎？是長得國色天香還是活色生香？」陶子仲用指節敲敲林雨恩的額頭，「醒醒啊白雪公主。」

「又不是我。」林雨恩被陶子仲的語言逗得眉頭一鬆。

陶子仲斜睨她一眼，「不是最好，妳最好把我的話放在心裡，像瑄瑄那樣的舉動，頂多就是換來一時半刻的哀傷，我跟妳打包票，過不了半年，阿勳又會屁顛顛地往那個……喔，江嘉瑜身邊狂奔。」

林雨恩搖搖頭，「眞不値得。」

「廢話，自己都不看重自己了，還要別人看重？」陶子仲往後一倒，躺在剛剛鋪好的沙發上。

瑄瑄最後還是沒能救活。

陶子仲很忙，沒辦法時時刻刻照料林雨恩的情緒，在她家裡住了幾天，確定她是眞的沒事後，就回自己家裡，忙著自己的事。

林雨恩確實是沒有受到什麼影響，畢竟她幾乎不算認識瑄瑄，而且她也沒有親眼見到跳樓的慘況；但是阿勳就不一樣了，他幾乎缺席了所有的課，諮商中心的老師簡直已經把他列爲高自殺風險群，正嚴密關心著。

「我知道了，我現在就過去看看。」

掛掉手機，林雨恩從客廳沙發上起身，魏辰學拉住她的手，問：「怎麼了？」

「諮商中心的老師說聯絡不到阿勳學長，讓我去他家看看。」林雨恩握了握他的手，「你難得休假，在家裡休息，我去去就回來。」

魏辰學笑了笑，沒放開她的手，「妳不是也是難得休假嗎？學校、系學會、現在還要趁著秋天整理香草園圃，妳沒有比我輕鬆。」

林雨恩噗哧一聲，輕笑起來，「那你要跟我一起去嗎？」

魏辰學略微遲疑了幾秒，點頭同意。

兩人搭上公車，不一會兒就到了位在學校附近的阿勳家門前。

林雨恩打了阿勳的手機，沒人接聽，她有些著急，看了魏辰學一眼，他伸手拍門。

「阿勳，你在嗎？」

悄無聲息。

林雨恩無助地看著魏辰學。

瑄瑄跳樓的事還恍如昨日，人類比她所想像的還要脆弱太多，她很怕，現在才知道，原來一條生命的消失不過就是轉瞬。

天色就像是那天的夕陽，眞奇怪，爲什麼橙黃的落日會將天空染成紫靛色？宛若鬼魅一樣的飄忽，甚至是無法定義的色調，莫怪人家總說，這是逢魔時刻。

她惴惴不安，指尖發涼。

「冷靜點。」魏辰學握緊了她的手，「我在。」

林雨恩抬起臉看著他。

幸好，幸好還有他。

「學長，我們怎麼辦？」

魏辰學想了想，「你有阿勳房東的電話嗎？」

林雨恩搖搖頭。

魏辰學並不意外，他沉思半晌，再抬起眼時，神情有些複雜，林雨恩無法理解。

「打電話給嘉瑜吧。」他說，聲音有些緊澀，聽不出是什麼情緒，也許他已經釋懷，也許還沒。她不敢問，覺得現在這個時刻，不是該問這件事情的時候。

「爲什麼要打電話給嘉瑜學姊？」

於是她只能問這個問題，人類的情緒跟疑惑都是沒有辦法忍耐的，要不遺忘，埋入潛意識，要不轉化，變成另外一個問題，問著無關緊要卻又不是完全毫不相干的問題。

魏辰學自然沒有注意到她這麼複雜的心理狀態，他皺著眉頭，想擠出一個笑作爲掩飾，卻只是徒勞。

林雨恩想要安慰自己，魏辰學的表情純粹只是因爲擔心阿勳生死未卜，卻又很明白這個想法是自欺欺人。

於是她只能選擇略過，等著魏辰學的下文。

魏辰學摸了摸她的瀏海，每次這樣摸著，感覺就像是摸著含羞草一樣，輕輕柔柔的觸感。她就像是她栽種的那些香草一樣，也許外觀並不奪目，但卻能一直留在心裡。

「學長？」她疑惑地喊了聲，「怎麼了嗎？」

他多希望，這株香草，可以就這樣在他的心上生根發芽，從此牢牢生長，再也不離開。

「我只是想，不管阿勳心情如何低落，也許他會躲著所有人，卻不會捨得不接嘉瑜的電話。」

林雨恩恍然大悟，但又淺淺蹙起眉，「可是，阿勳學長會希望嘉瑜學姊知道這件事情嗎？」

魏辰學有些哭笑不得：「都什麼時候了，妳還理會這些瑣事？」

林雨恩深吸了口氣，「也對，現在不是在意這個的時候。」要是命都沒了，自尊還有什麼用？

林雨恩想通，拿起手機撥通江嘉瑜的手機，很幸運地，對方很快就接了。

充滿元氣的聲音從手機那頭傳來，林雨恩一邊說著事情經過，眼角一邊覷著魏辰學。

夜色早已垂暮，街燈亮起。

他只是略低著頭，看著不遠處的地面，像是聽見了又彷彿毫不在意，陰影遮住了他一半的面容，而路燈又照不明他的另一半輪廓。

這一刻她忽然覺得自己一點都看不清他，他在想什麼，心裡都轉著什麼，甚至是那個角落裝著的是誰的身影，她竟然一點把握都沒有。

原來即便人就在身邊，也不代表就會安心。

江嘉瑜很快就答應了這件事，林雨恩掛掉手機，等著魏辰學從他的世界裡回神。

沒有多久，不過一眨眼，他已經轉頭看她。

其實她更願意多等他一些時間，這樣才不顯得他那樣在意這通電話，這道聲音。

「都說完了？」他問，停了一停，「嘉瑜怎麼說？」

「嘉瑜學姊……」她話還沒說完，就聽見阿勳房裡傳來說話的聲音，她鬆了口氣，「還好，真的就像學長說的那樣。」

魏辰學淡淡地笑了笑，「那妳現在要進去，還是要離開？」

林雨恩還沒決定，眼前的門已經開了。

阿勳一臉鬍髭，眼白都是血絲。

魏辰學看向他，眼底是明明白白的憐憫。

「我沒事。」阿勳一身酒氣，「剛剛只是在睡覺。」

魏辰學眼神銳利地看著他，「這話你騙騙雨恩就好，我都在這裡了，你就省省力氣別讓我戳破你。」

阿勳面無表情，「你們想要怎麼樣？」

魏辰學低頭對林雨恩說：「妳去附近買點吃的過來好嗎？我想單獨跟阿勳聊聊。」

林雨恩頷首，「那我回來的時候打手機給學長，你們再幫我開門。」

「好，妳自己小心點。」

魏辰學說完，朝她笑了笑，握著她的手緊了緊，而後才鬆開，轉頭立刻神情嚴肅地推著阿勳進到屋裡。

第七章　現在，不可能

很多時候，我們只是想問，並不是真的想知道答案。

林雨恩知道自己不應該這麼小心眼，那段過去，大家都知道，魏辰學也從來不曾瞞著她，只是這段日子，她和魏辰學總是小心地避開那個名字。然而，今天一提，她才這麼清楚地看見魏辰學眼中的情感。

想起魏辰學的眼神，她的心裡就發苦，她很明白，那眼神裡裝著的，不是她。

她很想問，那裡頭是否是江嘉瑜。可是她不能問，連一句都不行。不是怕被調侃吃醋，而是怕落實。怕這句話會像是醍醐灌頂，讓魏辰學恍然頓悟，原來他眼裡看見的還是江嘉瑜。

所以，她只能裝成若無其事。

買了東西回到阿勳的家，她進到屋裡時，阿勳正在浴室打理自己，魏辰學則在收拾一地的狼藉。

「怎麼都是啤酒罐？」林雨恩小心翼翼地跨過那一地髒亂，將食物放在桌面上。

魏辰學沒說話，只是拉住她的手，將她安置在乾淨的椅子上。

「妳別動，地上髒，有些什麼也不知道。」他叮嚀著。

林雨恩看了看傳出水聲的浴室門口，壓低音量問：「你們剛剛聊了什麼？」

「沒聊什麼，臭罵他一頓而已。」魏辰學似笑非笑，「男人之間哪有什麼好聊的？」

「是嗎？」

林雨恩看著他打掃的身影，終究沒再多問，只是走到門外，回電給諮商中心的老師，簡單交代幾句，就結束通話。

林雨恩仰頭看著天，沒有星子，是看不見，還是不存在？

她嘆了口氣，雖然知道自己實在不應該這樣，但心頭總有一股揮之不去的惆悵。

「在想什麼？」魏辰學跟了出來，站在她身邊。

「對瑄瑄來說，原先開頭是一場美好的戀愛，是終於求而得之，但最後卻是這樣收尾。」她的眼神飄渺，看著遠遠那顆像是星子又像是避雷針的紅點。

世事非黑即白的時候少，像這樣混沌不明的時候極多。

「事情會怎麼結束，跟開頭無關。」魏辰學握著她的手，「妳不用把他們的事當成所有故事的大綱。」

林雨恩惘然，轉頭看他，「你怎麼知道……我在想什麼？」

魏辰學嘆了口氣，「也許妳可以理解成，因爲我對妳很用心。」

林雨恩讓他突如其來的甜言蜜語說得紅了臉。

「你們回去吧，我沒事。」阿勳梳洗乾淨後，臉色顯得蒼白而且憔悴。

林雨恩不信，那模樣要怎麼讓人相信他沒事？

但魏辰學倒是一口應允，牽著林雨恩就走了。

「學長？」她一路跟著魏辰學，總覺得有些不知所措，「把阿勳學長一個人留著沒關係嗎？」

「嘉瑜等一下就過去了。」魏辰學停下腳步，轉身看著她，「雖然我並不介意，但是我想妳應該不想見到她。」

林雨恩抿著唇，心想，是我不想見，還是你也不想見呢？

她覺得不安，因爲魏辰學的情緒總是這麼輕而易舉地被那個人名撩撥。

也許是她眼神閃動的太明顯，也許是她不擅長掩飾心思，魏辰學深吸了口氣，「好，我承認，我也不想見她。」

「爲什麼？」林雨恩平靜地看著他，「跟我解釋這個？」

「因爲妳想知道。」

「可是我沒說出口。」

「或許妳可以理解成我對妳很用心。」魏辰學說完這句話，忍不住笑了出來。「好了好了，妳在想什麼我怎麼會不知道？別說他們了，我們去吃飯吧，吃完飯再去逛街。」

林雨恩讓他這種接近無賴的態度弄得又好氣又好笑，這樣一笑，兩人之間的緊張氣氛瞬間消弭，本來是一人拉著一人的手，變成兩人十指交握，徐徐前行。

「你眞的知道我在想什麼？」

走了一段路，林雨恩終究忍不住心裡的疑惑，還是開口問了。

「我還以爲這輩子妳都不想問我這個問題了。」魏辰學打趣，並未停下腳步。

街邊的路燈一盞接著一盞，光影變化之間，她忽然有種能跟這個人一起走到天長地久的感覺。

就是這樣平凡的日子也沒關係，只要兩個人一起。

這個人懂她，也愛她。

「我只是，只是……」她停了停，「沒想到要怎麼問。」

「下次有什麼說什麼就可以了。」魏辰學用一種幾近寵愛的口氣叮嚀，隨即搖頭，「我其實不知道妳在想什麼，剛好猜對罷了。」

「大師，求樂透號碼。」她笑，心底為了他的這句話感動不已。

這不是選擇題，而是申論題，想要猜，不是靠運氣，如果他心底沒她，那麼不會一連兩次都猜對。

路經公園，雖然已經入夜，運動的人仍然不少，魏辰學帶著她坐在樹下供人休憩的木椅上，兩人坐得極近，膝蓋碰著膝蓋，手肘靠著手肘。

「我怕不說清楚，妳要胡思亂想。」我只是不想妳尷尬，也不想我尷尬。」魏辰學開門見山地解釋，「我跟嘉瑜認識了很久，有些事情，能不想起，就不要想起，否則對不起妳。」

林雨恩憶起他曾提起的那些過去，心裡有一小塊地方酸的讓她說不出話。

他的過去，有很長一段時間，沒有她，只有江嘉瑜。

那麼，他的未來呢？

是不是她跟江嘉瑜會一直這樣並行並走，她永遠都跟江嘉瑜有那麼一段差距，怎樣都追趕不上？

魏辰學看著林雨恩一雙明顯走神的眼眸，乾脆直接將她攬進懷中。

「過去都過去了，未來也還沒來，妳爲什麼要把我們短暫的相處時間浪費在這上頭？」

林雨恩恍然頓悟，見他話裡帶著情緒，忽然明白自己犯了蠢事。

「對不起。」她嘆氣，還想再說些什麼，卻被魏辰學打斷。

「不用道歉，妳只是被阿勳的事影響了。」他像哄著小孩一樣對她說：「別人的事終究是別人的，我不是阿勳，妳也不是瑄瑄，他們的劇情，跟我們無關。他們的求而得之，得而失之，不是我們的。」

他說的話像是一首催眠曲，她覺得自己心中的那個結，被疏通了。

是啊，他不是別人，他是她一直很喜歡的那個人。

他不會這麼輕易就被別人影響，在可以握緊的時候，就千萬不要放開手。

林雨恩安下心，日子就很好過。

魏辰學依舊在假日的時候來到林雨恩家裡，跟她一起吃晚餐，徹夜聊天，或者相擁而眠。

早晨他習慣早起，幫著林雨恩把香草園圃都澆了水，然後等到她起床，兩人牽著手一起去買早餐。飯後，看著她在他的每一本書裡都夾進花草書籤，他曾經幾次問過爲什麼要這麼做，林雨恩只是笑而不答，他也就不再追問。

日子很好，雖然聚少離多，但相聚的時間，每一秒都只有溫馨。

只是林雨恩幾度想要知道，那天魏辰學究竟跟阿勳說了些什麼，怎麼會在這麼短的時間就起了功效，但總是怎麼都問不出來。林雨恩用盡各種方法套話，說到後來，往往魏辰學乾脆袖子一甩，轉身離開。

經過瑄瑄的事情，阿勳與人相處的態度大爲轉變，除了看到林雨恩還有些笑容，對待其他女生都只是一片疏離的淡漠。

林雨恩已經很少看見阿勳露出過往那種陽光笑容，她本來以爲這樣的男生，應該一輩子都不可能走憂鬱路線，但現在才知道，沒有什麼是不可能的，只是時間還沒到。

事情都過去一整個學期了，阿勳每個星期都還得去一次諮商中心，林雨恩有空就會陪著一起過去，有時候她則會被陶子仲抓走，四處玩樂。

比如現在。

「阿仲，我快要期末考了耶……」林雨恩看著手上的爆米花跟可樂，「我們有什麼話不能等到期末考之後再說？」

「電影都快要下檔了，妳還考什麼期末考？」陶子仲懶懶散散地回嘴。

自從知道魏辰學跟林雨恩在一起，他就滿肚子不爽，但又不能說些什麼……免得把林雨恩越推越遠。

幸好，魏辰學當兵去了，也沒多少時間回來。

林雨恩哀怨地看著他，「我要是考不好怎麼辦？」

陶子仲斜睨她一眼，「少來了妳，妳哪次是把書留到最後一天才讀的？還不都是早早讀完，最後以逸待勞。」

她笑起來，「所以說閨蜜真是不能得罪，八百年前的事情都會翻出來算帳。」

陶子仲撇撇嘴，「妳得罪我的可多了，是我不跟妳計較而已。」

「例如？」林雨恩挑眉看著他，怎麼想都是他得罪她比較多吧？

「例如，妳的男朋友。」陶子仲哼了聲，「他只是利用妳而已。」

林雨恩一愣，她一直都知道陶子仲不太喜歡魏辰學，但她以為那是陶子仲的保護欲作祟，沒想到另有原因。

「怎麼說？」

陶子仲瞪了她一眼，「他只是利用妳躲避寂寞而已。」

寂寞？

林雨恩沉吟許久，還想問清楚，陶子仲已經拉著她走進電影院。

螢幕上在演些什麼她不太記得，出了電影院，她又被陶子仲拉去吃吃喝喝。

陶子仲的那句話，一直埋在林雨恩心裡。

兩人吃飽喝足，陶子仲送林雨恩回家時還在滔滔不絕說著，林雨恩卻忽然打斷他。

「阿仲，你爲什麼會這麼覺得？」

「啊？」陶子仲皺了皺眉，看著她一臉嚴肅，總算想到林雨恩到底在說些什麼。「因爲我是男人，那傢伙幹過的事情我也幹過。」

林雨恩垂下眼簾，「所以，只是因爲寂寞？」

陶子仲最見不得林雨恩露出這種神情，他不怕女人哭，就怕林雨恩要哭不哭。

「不要露出這種神情。」陶子仲別開眼，本來想說些狠話，最後還是忍住沒開口，「反正，他不是我，我不是他，他會怎麼想，跟我無關。」

他很彆扭地勸慰林雨恩，同時又非常鄙視自己。

「可是你從小到大認定的事從來沒有錯過。」林雨恩看著他，「通常你怎麼說，事情就一定會怎麼發展。」

陶子仲幾乎想要掐死自己。

「那又怎麼樣，我不能錯一次嗎？」他刻意嗆回去，「我又不是正確率百分之百。」

陶子仲越是這種表現，林雨恩就越是惆悵。

她多希望這個時候魏辰學就在她身邊，可以緊緊抱住她，證明他存在，可以溫柔堅定地對她說，事情不是這樣的。

「算了算了，妳去讀書啦，不要考不好又怪我。」陶子仲無計可施，企圖轉移她的注意力。

林雨恩勉強笑了笑，點點頭，「那你要回去了嗎？」

魏辰學不在的日子，如果陶子仲來她家，聊得太晚了，就會直接睡在客廳。魏辰學也知道，但並沒有多說什麼。

如今想起來，也許這也隱隱約約證實了陶子仲的話。

是不是因爲那不是愛，所以不會有嫉妒？

「我先回去，還有點事要做。」陶子仲不太敢留下來面對她，他害怕，害怕自己才是那個傷害林雨恩的人。

就算他真的這麼覺得，也未必非得要說出口，在人家熱戀的時候說這種話，到底是想要證明還是詛咒？

他有些懊惱，自己都能忍了大半年保持沉默，爲什麼今天忽然就脫口而出？

「好，那你路上小心。」

陶子仲離開後，林雨恩一個人坐在客廳，坐在魏辰學常坐的位置上。

她一直覺得遠距離戀愛沒有什麼，只要見面的時候很好，未必非要天天見面。但現在才知道，天天見面就是爲了要應付這種時候，一個人過不去的關卡，兩個人也許就可以沒有問題。

她閉著眼睛躺上沙發，一月底，天氣正冷，她想像魏辰學睡在客廳時的感覺。

大約是累了，她一不小心就在沙發上睡著。醒來的時候已經是深夜，她打了個大噴嚏，雙手揉搓著發冷的身體，走到廚房倒杯熱水。

睡了一覺，她的腦子反而清醒了。

不管陶子仲怎麼說，其實這也就是一般遠距離戀情會碰上的問題吧。

於是她一邊喝水，一邊笑了起來。

遠距離果然不容易啊，難怪阿姨怎麼樣也要跟著男友到美國去，朝夕相伴的生活感，是很難讓其他東西取代的。

夜很靜，天很冷，她手上的這杯水，還沒喝完已經涼了。

她又打了個噴嚏。

收好杯子，她回到房裡洗了熱水澡，什麼也不想，裹著棉被睡了。

就算陶子仲說的都是對的，她也不可能爲了這原因離開魏辰學。

既然如此，那就這樣吧。

就算是寂寞也沒關係，至少他選擇的還是她，願意讓她陪著度過寂寞。

考完期末考，緊接著就是寒假了。

今年冬天特別冷，但林雨恩卻覺得非常暖和。

這個寒假，她找了個國小家教的工作，說是賺點零用錢，但陶子仲很明白，這只是她可以光明正大留在這個城市等待魏辰學的理由。

即便陶子仲不贊成，也只能幫著林雨恩瞞住林媽媽，不得不說，有了他這個幫手，林雨恩的計畫進行得異常順利。

除夕前兩天，魏辰學沒有放假，家教工作已經告一段落，她收拾好行李，回到家裡。

她帶著陶子仲一起爲家裡大掃除，陶子仲留下來跟著林家人一起圍爐，也意思意思領了個紅包，但轉頭就輸給了林雨恩的弟妹。

林雨恩暗自覺得好笑，一看時間，居然已經過了午夜，難怪窗外鞭炮聲響個不停。

「我累了，先去睡啦。」她完全不需要擔心陶子仲，這傢伙簡直已經是土生土長的林家人了，要趕他出去，還是要讓他覺得不自在，基本上都是件不可能的事。

「去去！」陶子仲連看都沒看她，隨便擺了擺手，看著同桌的人獰笑，「哼哼，友情價已經結束了，現在開始我要動眞格的了。」

林雨恩抿唇笑著走上樓。哪裡是什麼友情價，那分明就是把剛剛他拿到的紅包隨意送了出去，現在他要認眞把錢贏回來了。

她回到房間，聽著樓下嘻嘻哈哈的喧鬧聲，她並沒有覺得自己格格不入。

也許家就是這樣，允許自己展現自己，即便跟其他人完全不同，也不會覺得不舒服。

她坐到書桌前，打開電腦，習慣地連上臉書網頁，看了看大家的動態，原本只是用滾輪隨意往下拉，但眼角卻定格在江嘉瑜發的一張旅行照片上。

她眞的太小心眼了吧？

爲什麼看到魏辰學在那張照片上按讚，心裡會酸成這樣？

他不是在當兵嗎？她想辨別魏辰學這個讚，到底是什麼時候按的？看了一眼那張照片的發送時間，是昨天發的。

也許比起關注魏辰學按讚時間的迅速，更讓她震驚的是：她以爲他們已經沒有聯絡了。

林雨恩垂下眼簾，腦子裡有千百個衝動跟念頭，包括也去按讚，用這種很婉轉的方式提醒魏辰學，她有看見。但最後她只是關掉電腦，什麼動作都沒做。

做什麼都顯得小題大作。

她確實害怕失去魏辰學，可是如果眞的會失去，不管怎麼做，她都會失去。

這種心情她幾乎沒辦法跟任何人說。她不用想也知道，所有人都會告訴她，在這種時代，按讚只是代表已經閱讀，不是眞的喜歡。

可是魏辰學是個怎麼樣的人，她比誰都清楚。

他曾經多喜歡江嘉瑜，她也很明白。

林雨恩默默地起身關燈，窗外偶爾還有煙火的光芒投入房裡。

阿勳曾經說，如果是魏辰學，他願意在一旁安靜守候江嘉瑜。

如果從來不曾擁有，她也許也能抱持著跟阿勳一樣的想法，但她現在的問題是，她怕，怕一輩子都取代不了江嘉瑜在魏辰學心中的位置。

因為江嘉瑜是這麼優秀，這麼光彩奪目。

其實，不管江嘉瑜的條件如何，魏辰學那麼喜歡她，或者說，曾經那麼喜歡過她，光是這樣已經足夠讓林雨恩夜不成寐。

叩叩。

林雨恩睜開眼，看著門板。

「誰？」

「是我。」陶子仲的聲音傳來，「就知道妳還沒睡。」

他一邊說，一邊推開門逕自走進房裡。

「大家都睡了？」林雨恩扭開小燈，看了門外一眼。

「嗯。」他托著兩杯熱可可進房，席地坐在地毯上。「還記得小時候我們最喜歡湊在一起喝熱可可。」

林雨恩下床，背靠著床，掌心讓陶子仲放進裝著熱可可的杯子。

「我一直很喜歡你們家的熱鬧。」他微笑著說。

林雨恩看著他的側臉，不知道他為什麼忽然提起這件事。

「一直想跟妳道歉。」他開口。

「為了什麼？」

「我不應該說魏辰學只是利用妳排解寂寞。」

陶子仲的表情從來沒有這麼眞誠過，但林雨恩卻很不賞臉地噗哧一笑。

「阿仲，你擺出這種表情，我會以爲你要說什麼重要的事情。」她輕聲笑個不停。

「喂！」他放下杯子做了個鬼臉，「我可是很嚴肅的。」

「對不起、對不起。」林雨恩連聲道歉，但依舊笑著，「我只是沒想到你會爲了這種事情道歉。」

熱可可的香甜氣味充滿了房間，陶子仲忍住想要揍人的動作，深吸了口氣。

「我也不想，但是更不想我們之間的友情爲此產生裂縫。」他瞪她，「妳這傢伙什麼都悶在心裡，我又不是神，哪能每次都察覺妳的芥蒂，所以只好先道歉了。」

「就算你覺得你並沒有錯？」

不只是陶子仲認識她十幾年，她同樣也用這麼久的時間跟他相處。

陶子仲可以爲了友情而道歉，她又怎麼不知道陶子仲根本就不覺得自己有錯。

他的妥協，不是爲了是非，而是爲了情誼。

陶子仲總算也笑起來，「爲了妳這句話，這聲對不起，我很值。」

「笨蛋。」林雨恩低聲罵，昏黃的小燈將她的髮絲映出了毛毛的細邊，看起來就像是什麼小動物一樣。「我才不會爲了這種事情跟你鬧不愉快。」

「可我還眞希望妳能跟我鬧一鬧。」陶子仲脫口而出，換來林雨恩詫異的眼神。

他還想說，林雨恩已經先開口問：「我要鬧什麼？」

陶子仲一愣，笑嘆：「妳就算痛罵我，要我別詛咒妳的戀情也是合情合理。」

她搖搖頭，啜飲著熱可可，「也許你說的是對的。」
「怎麼了？」陶子仲很敏銳地察覺到有些什麼不對勁。
她遲疑一會兒，不想說，但禁不住陶子仲逼迫的眼神，她絕對相信，要是不說實話，陶子仲立刻就會用盡各種方法折磨她，包括現在去把她媽媽叫起來，說自己有男朋友這件事。
林雨恩嘗試用眼神求饒，但瞬間敗給了陶子仲起身的姿勢。
「別，我說。」她拉住陶子仲的褲管，「先坐先坐。」
陶子仲盤腿坐下，雙手環胸，挑眉等待著她的下文。
在這件事情上，陶子仲完全表現出身爲一個閨蜜應該有的水準，一半開導林雨恩一半痛罵魏辰學，還隨時能端上熱可可跟遞上衛生紙，外加說學逗唱，只差沒有綵衣娛親了。
其實，林雨恩並不眞的需要什麼勸解，陶子仲不過就是讓她抒發一下情緒，說說笑笑，事情也就過了。
那個小插曲，像是除夕夜裡的偶發事件，一年只會來一次的年獸之類的怪物。
過完年，兩人又回到林雨恩大學所在的城市裡。
經過一個寒假，阿勳似乎漸漸恢復，不再像上學期那樣陰鬱。
開學後一個月，林雨恩找了個空檔把阿勳約出來吃飯。
系學會的事務與活動在阿勳的帶領下，是歷年來最有規矩也最具規模的一屆，但林雨恩有時看他這樣用心用力，覺得他只是選了一個方式去逃避現實而已。
「怎麼突然想找我吃飯？」點完餐後，阿勳靠上椅背，「還選了這麼好的餐廳？」
一餐飯五百多元，雖然不算太貴，但也不是普通學生可以臨時起意說吃就吃的。

「剛好有餐券啊。」林雨恩從包包裡拿出兩張餐券，「我媽最近迷上團購，所以我也見者有份。」

阿勳接過來看，淡淡一笑。

她藉此機會打量阿勳，他的表情如今變得淡然，好像不管發生什麼事情都與他無關。

「想說什麼？」阿勳把餐券還給林雨恩時，恰好看見了她的若有所思。

林雨恩拿起杯子喝了口水，「學長，學姊現在好嗎？」

她問的自然是嘉瑜。

阿勳倒是沒有想到她會問這個，頓了頓，才說：「還不錯，工作漸漸上軌道，她本來就很有能力，又開朗大方，很得人緣。」

「這樣就好。」

林雨恩的眼睛看著服務生來來去去，那一桌有人生日了，另一桌有個吵鬧的孩子，對面坐著一對情侶，聽不見說些什麼，但眼裡眉間的濃情蜜意實在太明顯。

兩人各自沉默，服務生依序送上餐點也沒有打破這安靜。

林雨恩嘆了口氣，她沒有想過，有一天，她跟阿勳對桌而坐，竟會出現這樣的場景。

「那你好嗎？」她終於忍不住放下刀叉，刀叉與磁盤碰撞的清脆聲音，像是能直直穿入人心頭。

阿勳抬起眼，「很好。」

接近制式的回答，讓林雨恩有些氣悶。

「我不是爲了聽你應付才找你吃飯的。」她直言，很有點故意的意思。「你什麼都很好，可是就是不開心，怎麼辦？」

她說著說著口氣還是軟了下來，畢竟她不是陶子仲，沒辦法像他一樣，這麼理直氣壯；她也不是魏辰學，這麼有說服力。

阿勳苦笑，「我怎麼知道怎麼辦？」

如果可以開心，誰想要選擇痛苦？

「瑄瑄的事不是你的錯。」林雨恩伸手蓋住阿勳的手背，他迅速抽回了手，不接受任何人的關心。

「我沒有說這是我的錯，但是不管怎麼樣，她死了。」阿勳抿著唇，「我不知道怎麼辦。」

人死了，誰知道要怎麼辦？

「那學姊呢，你跟學姊呢？」

阿勳眨了眨眼，苦澀地揚起嘴角：「什麼發展都沒有。我害怕，我怕她到最後也跟瑄瑄一樣，我不能失去她。」

林雨恩沉默無語。

阿勳又說：「我害怕，怕最後生命裡會完全少了這一個人，像這一切都是我的幻覺。」

她低下頭。是啊，阿勳的害怕跟恐懼，她懂。

「那你決定就這樣放棄學姊了嗎？」

「我們會是一輩子的好友。」阿勳笑不從心，「再也不會有人像我一樣守護著她，無論她想做什麼我都會支持她。」

「就算日後她跟別人在一起？」

「這樣他們吵架的時候，她還有地方去。」阿勳臉上只是一派淡然，好像這就是一件已經發生而且確定下來的事。「我如果不能給她幸福，至少我可以給她一個避風港。」

「你就這麼確定，你不能給她幸福？」林雨恩頓了頓，「我覺得幸福不是給予，而是創造，如果只有一個人一直付出，那麼這關係是不平等的。」

阿勳勾起嘴角，似笑非笑，「那麼，妳跟魏辰學呢？」

她愣了一瞬，「跟他有什麼關係？」

「妳說得頭頭是道，可是妳跟他的關係對等嗎？」阿勳問著。

他並沒有質詢的意思，口氣還是那樣平淡，但林雨恩卻從裡頭嗅出了一點不對勁。

「爲什麼提起他？」

阿勳搖搖頭，吃了口菜。

他越是這樣就讓林雨恩越是不安，她也跟著垂首，但眼前那份已經有些涼了的烤鴨胸，卻怎麼樣都嘗不出味道。

「我只知道，愛情其實跟別人無關，也跟公平也無關，你愛他，他就算毫無回應你也愛他。」阿勳吃完眼前的食物，放下刀叉時連一點聲響都沒有傳出。「我就是這樣。」

她深吸了口氣：「學長，你想說什麼？有關辰學的？」

阿勳笑了笑，搖搖頭，「妳沒有眞的準備好要聽眞相。」

很多時候，我們只是想問，並不是眞的想知道答案。

「你在暗示我什麼嗎？」林雨恩問。

「我只想問妳，如果你們的愛不是一輩子，那妳做好準備了嗎？」阿勳直直地看進林雨恩的眼中，「就像妳朋友說的一樣，在一起的時候就要準備分開，妳有準備了嗎？」

她很艱難地嚥了口口水。

阿勳笑：「很難做到？我也覺得。所以，我只能選擇這樣。」

林雨恩低頭，想了許久。

「可是學長，我沒有選擇。」如果可以，她不會愛魏辰學，可是不行。

「我知道，我也沒有。」阿勳接話，對上了林雨恩徬徨的眼眸，兩人四目相交，一起笑了出來。

「這是我這半年來最開心的時候。」阿勳忽然天外飛來一句。

林雨恩睨了他一眼，「對我來說可不是。」

「只有我一個人痛苦那怎麼行？」阿勳故意這麼說，停了一停，又改口：「不過，我還是希望妳幸福，我們兩個人，至少要有一個人是幸福的。」

林雨恩沉默了一會兒，忽地笑了出聲。

「妳在笑什麼？」阿勳好奇。

「我們兩個爲什麼要落到這種境地？」林雨恩抿嘴，還是忍不住笑，「我可還沒有落得要跟你同病相憐的地步啊。」

阿勳笑著搖頭，「當然最好不要。」

「其實我一直有個疑問，爲什麼你們……」她是指陶子仲跟阿勳，「都覺得我跟辰學的戀情岌岌可危？」

阿勳唇邊的彎度收了，低頭撥弄眼前的甜點。

林雨恩並不心急，即便她非常想知道答案。

「我不知道妳嘴裡的另外一個人是誰，但是我會這麼說，不過是因爲一種直覺。」

阿勳眼神閃爍，那神情讓林雨恩笑了起來。

「算啦，你不願意說，那就算了，我不勉強你，直覺就直覺吧。」

熱奶茶送了上來，香甜的氣味蔓延，但兩人之間卻多了些難以言喻的嚴肅。

「學妹，就叫妳不要看得太清楚，妳傻乎乎地過日子，不是很好嗎？」阿勳口氣裡不是不埋怨的。

林雨恩失笑：「喂，說得像都是我的錯，你們暗示的這麼明顯，」

「那妳又知道我說的直覺只是搪塞之詞了？」阿勳笑著調侃她，「妳剛才那口氣簡直跟敷衍小孩沒兩樣。」

「我可沒說你的直覺只是搪塞之詞啊。」林雨恩無奈搖頭，又笑了出來，「不過，你如果是靠直覺行動的人，如今不會是這樣。」

「是哪樣？」阿勳反倒有了興趣。

林雨恩扁嘴，很委屈，「你別逼我說，我也不繼續追問你的直覺是眞是假，你覺得這個雙贏怎麼樣？」

一聽她這麼說，阿勳臉上又露出了初相遇時的那種笑容。

「我本來不是眞想要聽，但是妳這樣一說，我就非聽不可了。」他看著林雨恩，一臉期待。

「你爲什麼要自己找虐？」林雨恩悲憤地問。

「開心。」阿勳端起杯子，他說著這話，眼神裡的情緒卻跟話裡不同，林雨恩尚未領悟過來，他已經放下杯子，「我很想知道妳是用什麼想法想我。」

她下意識地閉緊了嘴。

「說吧，我有心理準備了。」

她覺得很怪，像這種時候，她的五感反而很靈敏，餐廳吵雜的不得了，但她卻能這麼清晰地聽見阿勳的呼吸聲。

「不是什麼好話。」她搖搖頭。

阿勳笑出聲，「學妹，就憑妳？」

眞是，林雨恩翻了個白眼，就是有人這麼怪，人家不想傷害他呢，他偏偏不放過自己。既然他都不怕了，自己也已經盡了提醒義務，那還要顧慮什麼？

「我只是想，要是眞的有動物直覺，你壓根兒就不會跟瑄瑄……」話說到一半，她還是吞下了後半句，在別人傷口上撒鹽實在不是她的風格。

「還以爲妳要說什麼『要是有動物直覺的話，就會直接撲倒嘉瑜。』之類的話呢。」阿勳哼了聲，「就這點事也値得妳吞吞吐吐？」

林雨恩不甘示弱，反問：「那你又是爲什麼不肯告訴我，爲什麼不看好我跟辰學的戀情？」

「我怕妳承受不起。」

兩人唇槍舌劍，沒有動怒，卻有些像是小孩子鬥嘴。

「好了好了，我不跟你吵，你不說就算了。」最後當然是林雨恩率先投降。

她渴極，喝完面前的水，揚手跟服務生又要了一杯。

阿勳看著她，一頭長髮柔順地披在肩上，淡藍色的牛仔襯衫，是時下很流行的款式，明明就是這麼中性的服裝，卻讓她穿出甜美。

他幾乎能夠想像，這樣的衣服如果讓江嘉瑜穿，會是怎麼樣的率性。

想起江嘉瑜，又看著眼前的人兒，那一瞬間，他忽然不想讓她日後傷心，如果讓她現在能多一點心理準備也好。

他也喝了口水，輕輕地喊了聲：「學妹。」

「嗯？」一聽這口氣，林雨恩就知道他要說些正經事了。

「妳不是一直想知道那天，就是我剛出事的那個週末，魏辰學跟我說了些什麼嗎？」

「是啊。」她點點頭，同時有些困惑，這跟剛剛在聊的事有什麼相關嗎？

「那天他說了很多，但是有一句話我一直到現在都還記得。」彷彿有些不忍，阿勳停了一下才繼續說：「他說，如果有機會，他還是會想把握嘉瑜。」

林雨恩屏住了氣，一時之間，對這句話有些難以理解。

阿勳看著她面無表情的臉，等著她緩過氣之後，又說：「當然，他有補充，但目前看起來是毫無可能了。」

林雨恩想要堆出一個笑容來作爲掩飾，但無論怎麼樣努力都無法讓自己的嘴角揚起。

陶子仲的話還言猶在耳，又加上阿勳這段發言，她是不是應該要果斷一點，讓這一切停止在這裡？

否則有一天，只要有一點希望出現，魏辰學就會回頭把握別人，而她不過就是一艘擺渡的柳葉船，那人一旦上了岸，就不再回頭。

阿勳深吸了口氣，嘴角微彎，「很諷刺吧，別人的深情，在我們眼中卻是這般尖銳。」

她垂下眼簾，是啊，像是讓人一錐子刺進心頭。

「所以，這跟你振作起來有什麼關係？」她扯開話題，如果不知道怎麼面對，那就允許她暫時躲避吧。

在時間的縫隙中，她也許能夠多一點，再多一點點的回憶。

有關魏辰學的容顏，他掌心的溫度，還有永遠都不對她發脾氣的溫雅。

她不是不記得，魏辰學曾經爲了江嘉瑜動怒、頹喪，情緒起起伏伏。

阿勳聳聳肩，「我只是不能接受他這種說法，好像他想來就來，想走就走，憑什麼我的感情這麼不順利，他就可以這麼從容？」

「他沒有……」林雨恩脫口而出，隨即一頓，低聲說：「否則他不會跟我在一起。」

阿勳拍拍她的手背，「對不起，這次我沒辦法幫妳。」

她抬起眼，有些困惑。

「如果我還是以前的我，或許能夠跟妳說，那麼我們就讓他們沒有機會再把握彼此。」阿勳的神情那樣淡然，卻又哀傷。「可是現在的我不可能了。」

林雨恩抿緊了唇，忍不住鼻酸。

是爲了阿勳，也是爲了她。

第八章　固執前行

是不是每個人心底都有一個伸手也摸不到的夢想？

在暑假來臨之前，魏辰學退伍了。

頂著一顆軍人頭，憑著系學會的經歷跟一張很不錯的成績單，他很快在這個城市裡找到工作，也找到落腳的地方，離大學有點距離，但也算不上遠，偶爾下班後，還能跟林雨恩一起逛逛街，吃吃東西。

「期末考準備的怎麼樣了？」兩人坐在簡餐店裡，魏辰學看著林雨恩面容上的黑眼圈，又好笑又心疼地伸手撫摸，「眞的這麼忙？」

「嗯，因爲報告都卡在同一周要交，好不容易都準備完了。」林雨恩打了個呵欠，面色看起來有些憔悴，「好睏。」

「等會兒回去先睡一下吧。」

星期五的晚上，兩人習慣一起吃晚餐，過後魏辰學會到林雨恩的屋子裡，也許一起看一場電影，或者肩並著肩喝點酒，仍舊維持他當兵時候養成的習慣，兩人徹夜相依，在深夜裡，特別能夠感覺到對方的心意。

至於陶子仲跟阿勳的警告，林雨恩只是把那些深深地壓在心底。

她貪戀著這樣的靜謐安適，更貪戀著魏辰學，就算未來終將要失去，也捨不得親手割捨，只能小心翼翼地抱著些微的希望，一直往前走，就算是天涯海角，她也想去，一直走到沒有魏辰學的那一天。

陶子仲對於她的這種態度，只給了一聲評語：唉。

「吃飯啊，怎麼突然就發起呆來了？」魏辰學把走神的她給喊了回來，又伸手順了順她的瀏海，「長了。」

林雨恩微笑，順手摸了摸瀏海，「是不是太亂了？我好久沒有弄頭髮了。」

魏辰學握住她的手，「不會，妳適合長髮。」

一頭柔順的披肩青絲，他有時會覺得，眼前這人眞像是從那些古典小說裡頭走出來的仕女，尤其是她坐在沙發上捧著書卷的時候，那低眉垂首的模樣，唇不點而紅，眉不畫而黛。

「等妳考完試，我們去旅行吧？」魏辰學提議，「妳喜歡山上還是海邊？我來計畫。」

林雨恩想了想，「山上。」

「那就找一間小木屋，早上醒來吃過早餐，我們就沿著登山步道散步，中午回到小木屋裡，吃頓午餐，然後悠哉地坐著看書，或是聊天午睡，然後看著午後山嵐瀰漫，把眼前的景色都變得模糊。」魏辰學一邊說著，一邊夾了幾筷子的菜放進林雨恩的碗裡。

她打從心底笑了。眼前這人這樣對她，難道不是眞心誠意嗎？如果是，那又爲什麼要畏懼未知的分離？

她輕輕地把頭靠了過去，低聲說：「有你眞好。」

魏辰學淡笑，不作聲，只是握緊了她的手。

她不會知道，他有多感謝，在那段時間，還有她陪伴在身邊。

在與江嘉瑜劇烈大吵到分手的那段時間裡，如果沒有林雨恩端給他的那杯茶，那個聖誕夜裡的收留，也許他到現在還是會那樣惶惶不安地尋找，找一個能夠停留下來的地方。

他知道，她總覺得自己是交到了什麼好運，對待他的方式有時難免太過柔順，戰戰兢兢地害怕失去，但是只有他知道不是，他是自願走到她身邊的，就像那個當兵時候的傍晚，他明明可以回家去，可是卻不由自主地走到她家門外。

當時，聽著她跟陶子仲嘻笑的聲音從屋裡傳來，他心裡忽然湧上一股恐懼，他怕自己會失去這個人。

即便後來知道陶子仲跟她的關係，其實只是兩小無猜青梅竹馬，他還是忍不住伸手留下她，就算是利用著她對自己的明顯愛慕也沒關係。

這種做法大概真的有點自私吧，但那個當下，他真的想不了這麼多。

兩人靜靜坐了一會兒，當魏辰學從自己的思緒裡抽離出來時，才發現林雨恩倚著他的臂膀正在打盹。

他沒有移動，讓她繼續倚著他沉睡，他從口袋裡拿出手機玩了起來。

林雨恩並沒有睡多久，很快醒了過來，兩人把眼前已經有些涼了的飯菜吃完，睡過一覺的林雨恩精神好上許多，不但跟魏辰學說說笑笑，兩人還一起去逛夜市，買了些許東西才回家。

回到家裡，兩人洗完澡，換了身家居衣服，林雨恩用毛巾包裹濕髮，站在廚房裡煮花茶。

魏辰學走下樓來，看著她的背影，慢慢走過去從後頭抱住她。

「頭髮不先吹乾就來煮茶？」他溫聲在她耳邊低喃，「我昨天在我的書裡看到妳新做的書籤。」

「你喜歡嗎？」她略略側首，笑得恬淡如水。

「喜歡啊。」他輕啃著她的細頸，「是妳做的。」

「你看著水，我……」她呼吸漸漸急促，「我去吹頭髮。」

魏辰學放過她，捏了捏她的腰，「妳去吧。」

林雨恩嬌笑著落荒而逃，等她吹好了頭髮，魏辰學已經把瓦斯爐的火轉小了。

他靠在廚房外頭的牆上等著她，一看見她來，便道：「怕煮得太久，茶會澀。」

「我來吧。」其實煮茶並不難，只是她從沒想過要跟魏辰學解釋方法，因爲很簡單，所以不覺得有說的必要。

「妳不告訴我，我永遠都不會煮。」魏辰學趕在她之前一把提起熱水壺。

「只是時間跟溫度而已。」她笑，「其實我可以自己提。」

「我在就讓我來吧。」他往花草茶壺裡注滿熱水，蓋上蓋子，把熱壺提了出去。

林雨恩跟在他身後，一步一步走到客廳裡，客廳布置得很舒適，只開了一盞昏黃的小燈。

兩人挨得極近，一壺淡茶色的花草茶，倒映出他們的面容。

幸好開著冷氣，否則眞要熱出一身汗來。

隨著空氣的流動，她嗅到魏辰學身上的香味，明明是同一瓶沐浴乳，卻在兩人身上散發出不同的香氣。

也許體溫也會導致氣味的變化，魏辰學的唇瓣溫度偏高，鼻息相渡間還帶著點薄荷的香味，而長毛地毯摩挲著她的後頸，柔軟的調情。

花草茶要澀了。

她想著，轉瞬淹沒在情慾裡頭。

林雨恩忙完期末考，魏辰學也已經計畫好出遊的地點跟行程，從所在的城市出發，去到這個有著舊鐵道的小鎮，路程並不算太遠。

一早，兩人耳鬢廝磨了一番，悠哉地吃完早餐，才踏上行程。

這是個位居山裡的車站，從前鐵路還沒有遷線的時候，或許曾經人煙鼎盛過，現在其實也算人煙不息，只不過從前來的是旅客，現在大多都是觀光遊客。

沿著小路，兩人走到舊鐵道上，天氣挺好，即使是夏日，也並不太熱。生鏽的鐵道、滿布鵝卵碎石的道路，盡頭通向了漆黑綿長的山洞。

「我們去走走吧。」魏辰學拉著林雨恩的手。

他不管說什麼，她都會說好，因爲她是這樣依附著他，或許這樣不對，依賴、依戀不該是愛的模樣，但她始終改不了。

鐵道並不平整，她一路搖搖晃晃地走著，幾次都多虧魏辰學抓住她，才沒有跌倒。

走了很久，她回頭看了看。

「看來前方依舊路途遙遠。」魏辰學笑著問：「怎麼樣？要不要回頭？」

「當然不。」林雨恩搖搖頭，緊緊抓著他的手，「就當我一條路一定要走到黑好了，哪有半途放棄的道理。」

「好。」他應聲，又帶著她繼續往前走，「我現在才知道妳有多倔強。」

她笑起來，「這哪算？」

魏辰學沒理她，只是笑著又說：「都說見微知著，妳性格中的倔強，我現在算是知道了。」

「吶，你要是真要這麼說，那我可眞是百口莫辯了。」林雨恩有些委屈又有些好笑。大約是出來旅行，使得兩人都特別放鬆，說出口的話也帶著愉悅。

「好啊，妳不用說了，我都懂。」在漆黑的山洞裡，他聲音裡的情緒特別明顯。

你都懂嗎？

這句話像是小石子落入水池一樣，激起了林雨恩心上的漣漪，她下意識握緊了手，卻引來他的關切。

「怎麼了？」

「沒事。」她揚起笑，而後才想到，魏辰學看不見，或者應該說在這山洞裡，誰都看不見，所有想要隱藏的心思跟想要隱藏的話語，在這裡都隱藏得無須力氣，儘管臉上的表情明明白白。

「發什麼呆？」魏辰學拉了拉她的手，「妳最大的缺點就是太喜歡走神了。」

林雨恩一愣，如果他知道自己發呆的時候，都是想著有關他的事情，不知道會有什麼表情？

「妳看，就像現在。」魏辰學伸手敲了敲她的額心，就算處於黑暗，他也能準確地做出這個動作，她摀住額心，咯咯地笑了。

「給我一點參與感吧！」魏辰學哭笑不得地說，「妳就這樣自得其樂？」

她搖頭，「不跟你說。」

我不會跟你說，我是因爲你的寵溺而發笑，因爲你的心中有我，所以就算眼睛看不見，心依然清明，清明到即便處於黑暗，你仍然能夠熟悉地找到我額頭的位置。

「好吧，不說算了。」魏辰學投降，想來不是什麼重要的事，林雨恩的性子，他很明白。

兩人一路走到山洞的出口，眼前一片茂密的樹林。

青綠的樹林裡，鳳蝶翩然穿梭，不遠處傳來細微的水流聲，山洞的兩頭像是連結著現世跟過去。

「休息一會兒？」他問，山洞雖然不算長，但她一路走來跌跌撞撞，也該休息了。

兩人直接坐在鐵道上，沒有遊客，只剩下山嵐流水。

風起時，水流聲一陣陣地從遠而近漸顯清晰，像是當眞在傳遞著什麼訊息，而後掠過了他們的上頭，往山的另一邊過去。

「這個地方我來過兩三次，每次來，都有不同的感受。」魏辰學忽然開口。

「兩三次？」她忽然明白，那兩三次裡，有著江嘉瑜。

於是她就不想細問了。

又怎麼樣呢？

物是人非事事休，欲語淚先流。

她其實眞怕，怕魏辰學對她表明心跡，說自己依然爲了誰而心疼。即便那是過往，她也不想再聽。

兩人就這樣安靜地並肩而坐，直到山洞裡傳來了對話聲。

林雨恩轉頭看，是一對情侶，女生長髮披肩，男生身上背著女生的包包。

林雨恩才站起身，那男生就走了過來，拿著手機客氣地詢問；「能不能幫我們拍一張照？」

她笑著應下，拍完照，一回身就見到魏辰學站在她身邊。

「我們走吧？」

「好。」

那對情侶的模樣一直留在她腦海，她想著那男生的表情，忽然很羨慕。

魏辰學似乎從來沒有過那樣的神情，對她。

明知道過去應該讓它過去，但也許是因爲魏辰學剛剛才提起，讓她滿腦子浮現的都是有關江嘉瑜的回憶。

踏進山洞，林雨恩抽開了兩人緊緊握住的手，「你先走，我跟著你。」

「在搞什麼花樣？」魏辰學挑眉問。

「等一下再告訴你。」林雨恩推了推他，「快點，放心，我會跟上你的。」

魏辰學拿她這點小任性毫無辦法，只得認命向前。

她站在原地看著他的身影，壓抑著跑上前去擁抱他的念頭，這一刻她只想好好記著眼前畫面。她多麼希望，她的人生也能跟行走在這山洞裡一樣，即便是在伸手不見五指的漆黑裡踉蹌走著，也一路有他在旁陪著。

陶子仲曾經說她無可救藥，其實不是的，她只是像阿勳一樣，不敢想像未來的人生沒有魏辰學。

她拔腿跑向前，就算滿路崎嶇。

「我愛你。」她把臉埋在他背上，「我愛你。」

即使說再多次也不足夠表達她的心情，這麼滿懷幸福的惴惴不安，她除了言語，再沒有任何辦法可以表明。

魏辰學蓋住她的雙手，「我知道。」

我一直都知道。

回頭路似乎比較容易，也許是因爲走得慣了，即便路面崎嶇，林雨恩也已經能找到平衡點，在跌跌撞撞之中穩定前行。

再走出山洞時，山嵐從他們身側流過，她回首，看著不見盡頭的漆黑山洞，有種恍如隔世的感覺，就像走了這一遭之後，能夠看見更幸福的世界。

或者，陶淵明從桃花源裡出來時，就是這樣的感覺，恍如隔世又歷歷在目。

兩人沿著來路走上山，那一排沿路商店，賣著每條老街都會有的小玩意兒，間或有些當地的特色小吃。或者每個觀光景點的樣貌都差不多，只是隨著身邊的人有所不同，而流轉著相異的氣息。

天氣挺熱，兩人走走看看，並不買什麼紀念品，倒是拍了幾張紀念照，再隨意挑了一家餐廳飽食一頓。

「妳想回家了？還是繼續？」魏辰學坐在林雨恩對面，見她還在跟盤中的食物奮戰，有些好笑。「吃不下就算了。」

她抬起臉，訝然地問：「看得出來嗎？」

「當然。」他眼裡的笑意顯然，「我們不趕時間，妳休息一下吧。」

「這附近還有什麼可以玩嗎？」她鬆口氣，端起杯子喝了口茶。

「龍騰斷橋可以去看看。」想來眞是來過好幾次，所以熟門熟路。

「好啊，就去那裡吧。」

兩人又聊了幾句，結帳走出餐廳，她拉著魏辰學的手，天氣熱，手心都出汗了，她仍捨不得鬆開。魏辰學有些哭笑不得，但還是由著她。

兩地距離不遠，就是隔著段山路，幾次她都緊張地捏緊了他的衣服。

跟著車潮走，很快就到了斷橋處，告示牌前擠滿遊客，兩人索性不去看，只是沿著山邊的步道，往河谷的另一端走。這裡的人潮明顯減少，並且能夠近距離地觸摸到紅色的斷橋橋墩，上頭有藤蔓，還有樹根。

斷垣殘壁。

她伸出手觸摸，掌心感受到粗糙，宛如能夠刻下歷史，她回望來時路，現代橋面顯得簡潔而堅強，卻沒辦法像這段廢棄橋墩一樣，有一種難以言喻的偉大跟奇異。

也許凝視的夠久，就能夠從其中參透眞義。

「如果有一天，台北毀滅了，百年後就會變成這樣。」魏辰學的聲音從她身邊傳來，「一切都將被自然取代，所有耗費人力的建築，最後不過成了植物委身的盆栽。」

她摸著那粗壯的樹根，「如果最後還能種上這麼一棵枝葉茂密的樹，也不算耗費。」

他伸手摸了摸她的瀏海，話聲溫柔，「都忘了妳也是喜歡種花的。」

大約是因爲在山上，風聲顯得大了，而人聲卻小了。

兩人並肩坐在樹下的石椅，偶有低語，大部分時間卻只是各自安靜，聽著流水山嵐穿梭樹林。

經過這次旅行，兩人的感情更加穩固。

整個暑假，魏辰學幾乎都住在林雨恩家中，平凡自然有平凡的好，但摩擦也不少。幸好一人個性溫和，另一人也是進退有度，生活中的小小碰撞，都在晚茶時候的一個吻當中落幕。

魏辰學的工作忙碌，有時回到家裡都已經八、九點，這時候林雨恩會煮上一壺花草茶，等著他洗過澡後，兩人一起對飲。

他特別喜歡看她倒茶的模樣，香氣蔓延之時，特別映襯她的氣質清新如茶。

「喝茶吧，今天的茶是舒壓放鬆的。」林雨恩把骨瓷杯子推到他面前。

那是魏辰學在畢業那年送她的，原本林雨恩捨不得用，後來跟魏辰學在一起了，便只會拿這組茶具出來用。

「要開學了，會心情不好嗎？」他笑問。

林雨恩看了他一眼，點了點頭，「當然啊。」

「不過我倒是很希望妳快點開學。」魏辰學拿起杯子，故意把話停在這兒，笑顏相對。

林雨恩眨了兩下眼睛，不想投降地瞪了回去。

兩人互相凝視了好一會兒，魏辰學放下杯子，靠上椅背，那姿態很有點要跟她長期抗戰的意思。

林雨恩抿抿唇，唇瓣微動，卻沒發出聲音，只是坐到他身邊，賴進了他懷裡。

魏辰學習以為常地攬住她的肩頭，「妳去上課的話，至少我不會想妳在家裡都在做些什麼。」

這樣一句話，從他口中說出來，甜的像是沾了蜜。

「我去學校你就不擔心嗎？」她的語氣已經帶了笑。

「妳去學校不乖乖上課還想幹麼？」魏辰學轉頭看著她，眼裡有笑，表情卻十分嚴肅，「不可以喔。」

她忍俊不禁，「你像是在跟狗狗說話。」

「妳就是我的寵物。」他答得俐落，但林雨恩卻忍不住熱了臉。

實在是他說得太理所當然，讓她都不知道要接什麼話才好了。

「不對嗎？」他追問，半開玩笑地說：「妳要是敢說不，我只好……」

「只好？」

魏辰學沒說話，只是吻上了她。

恍惚之間，她有時會想，她跟魏辰學，也許從上輩子就相識，所以這一生她才會一看見他就情不自禁。

這麼說來，上輩子肯定是她欠他了。

所以這輩子才會讓她追逐著他的背影，想起過去沒有他的日子，或者他在別人身邊的日子，她心上偶爾會顫抖起來。

就算魏辰學的人就睡在她身邊，但那種孤單無助的感覺卻一絲絲也不見緩。

她非得要伸手摸摸他，感覺他的溫度在她手中，才能安撫自己的不安。

「上輩子，我肯定欠了你很多。」她的鼻息淺微地拂過他的頸間，那聲音裡還帶著一些呢喃的曖昧。

「妳怎麼就不說是我欠妳呢？」他含著她的耳垂，引起她一陣顫慄。

這種時候再說其他的話語都嫌多餘。

也許愛情就是相欠，相欠一生。

這樣一來，他們誰也離不開誰。

又或許，因爲是魏辰學，所以她願意欠他，也願意讓他欠著，總比兩人兩清要來得好。

花草茶的香氣久久盤旋，他覆在她身上時，只覺得她不管用了什麼沐浴乳，不管飄散著什麼香氣，最終都像是現在竄入他鼻尖的那股氣味。

令人放鬆，又不願放過。

魏辰學出門上班後，林雨恩窩在家裡，大部分的時間都用在研究香草上。

她一頭栽進香草的世界，家裡的相關器具也多了起來，除了研磨香草，還多了一支又一支的精油跟香氛機，這幾天她甚至去報名手工肥皂班。

這天，她正在研究要加入多少植物粉末到肥皂裡才算是適量時，門鈴響了。

她並不擅長社交，除了陶子仲，這種時候她眞想不出來會有誰過來，但陶子仲最近忙著研究台灣股市跟申請大學，應該沒空過來才對。

林雨恩洗淨雙手，還穿著圍裙就到走到門前。

是阿勳。

「怎麼來了？」她開了門，笑著問。

「在忙嗎？」阿勳揚揚手上的的蛋糕盒，打趣地說：「沒有事情不能來嗎？」

「當然不是。」林雨恩抿嘴笑，側了身打算讓阿勳進門，但看他沒有這個意思，好奇地問：「你不打算進來？」

他搖搖頭，把蛋糕遞上前，「我想帶妳去一個地方，妳有空嗎？」

林雨恩微微蹙眉，接過蛋糕，頗爲擔心地問：「你怎麼了嗎？」

阿勳這麼臨時來訪，又說要帶她去某個地方，這種行爲，實在不太像是現在的他。

「先把蛋糕拿去冰，到了再跟妳說。」阿勳有些無可奈何。

這麼說起來，那就是有事了。

她鬆開眉頭，卻微微瞇眼。

「好吧，那你等我一會兒。」林雨恩吸了口氣，本想問他要不要進來等，但轉念一想，他若真想進屋，絕不會跟她客氣，既然方才他已經拒絕，也不必再多問了。

林雨恩正忖度時，阿勳已經站到門簷下的陰影處，洗得泛白的牛仔褲，一身簡單的棉質上衣，他瘦了些，顯得身形更加頎長。

邁開步伐，她很快將蛋糕跟那一屋子的肥皂原料都處理好，但就是再怎麼快，也已經過了十幾分鐘。

這是夏日，暑氣正熱，她換好衣服，從冰箱倒了一杯菊花茶出來。

「我知道你有點心急，但還是先補充一點水分吧。」她遞上花茶，「菊花退暑，你慢慢喝。」

阿勳看著那杯菊花茶，不知道在想些什麼，頓了一瞬才接過。

林雨恩只是看著阿勳喝完茶，才拿著空杯進屋，再背著包包出來。

「我們要去哪裡？」

「隨便。」他笑了笑，但這答案真是讓林雨恩一點都笑不出來。

一開始還說有個地方要去，現在卻換來了這聲隨便，對話完全失去邏輯。這只表示兩件事情，第一，他心情很差，而這恐怕又跟江嘉瑜有關，第二，這種天氣如果當真隨便在路上閒晃，是個人都受不了。

「我們打個商量，你如果不想坐下來喝杯飲料，那麼我們找間大賣場，或者是書店走走，不要在大馬路上亂晃好不好？」她決定在出發前先把目的地搞定，省得熱死自己，「還有，不要再露出這種比哭還難看的笑了，想醜給誰看？」

阿勳定定地看著林雨恩，忍不住莞爾。

「妳什麼時候變得這麼伶牙俐齒了？」

林雨恩翻了個白眼，「我哪裡伶牙俐齒了，這是事實！」

阿勳搖搖頭，嘴角的弧度收了回來。

「好吧，那你說我們要去哪裡？」他確實是累了，同時也必須承認林雨恩說得沒錯。

她想了想，問：「新開的IKEA，你去過了嗎？」

「還沒有。」

「那就這裡吧，有冷氣，有占地，走累了我們還能去附近找個地方坐。」

「好，就這裡。」

其實阿勳根本就無所謂，去哪裡都好。

反正，他想見的人，不管去哪裡都見不到。

天氣很熱，以至於路程明明不算遠，兩人卻已汗流浹背，簡直跟競走似地前後奔進店裡，然後才吐了一口氣。

「好熱！」

兩人異口同聲，相視一眼笑了出來。

還會笑，那還不錯。林雨恩心想，指了指前方，「走吧？」

阿勳頷首。

「你找我有什麼事？」才搭上手扶梯，林雨恩就開門見山地問了。

「只是想看看妳。」他說。

她一愣，下意識搖搖頭，笑著說：「你說這話，我是不信的，你還是老實說了吧。」

阿勳似笑非笑地看著她，「不，這句話倒是眞的，只是不只這樣而已。」

林雨恩有些詫異，「那，好吧，所以其他的部分是？」

「昨天跟嘉瑜吃飯，她說，想再回去找魏辰學。」阿勳緊緊盯著林雨恩的神情，想從她臉上找出蛛絲馬跡，他想知道，魏辰學到底接受江嘉瑜了嗎？

但林雨恩只是傻愣著，想來是乍聽見這個消息，一時反應不過來。

「看起來，嘉瑜不過是說說而已，並沒有眞的去找魏辰學。」阿勳下了結論。

他鬆了口氣，林雨恩卻忽然覺得天空下起雨來。

還沒有找，不表示未來不會。

「所以，是什麼時候的事情？昨天？」她問。

「昨天。」阿勳應聲，又看了她一眼，「很抱歉，我不應該把這件事情告訴妳。」

她笑了笑，「有什麼好抱歉的？聽見這消息，你心情大概也不好。」

阿勳聳聳肩，「起初是眞的感覺難受，但沉澱了一天，只爲妳感到擔心。就算嘉瑜這麼下定決心，對我來說是沒有影響的，可是對妳就不同了。」

他停了一下，又繼續說：「而且，你們現在這種狀態實在太複雜了。」

林雨恩自嘲地笑，「那倒是，這種情狀，連誰是小三都分不清楚了。」

「嘿，別這麼想。」阿勳抓住她的手臂，很憂心地看著她。

林雨恩垂下肩膀，「沒事，我只是一時有點受到打擊，那種感覺大概像是食物被搶走的狗狗那樣沮喪吧？」

阿勳失笑，「妳倒是還能開玩笑。」

林雨恩的視線飄向不遠處的客廳展示間。

那不只是個展示間，還是個夢想，那間溫馨的客廳，布置得那樣誘人，背後藏著的，是每個人心底那個伸手也摸不到的夢想。

或者說，夢想本身就是只能無限趨近的，當實現的那一刻，就變成了現實。

兩人之後的話題都很有默契地避開了江嘉瑜跟魏辰學，說得再多也沒用，這件事情不是他們可以討論出結果的。

「最可悲的是，我們的情感控制權都不在自己手上。」阿勳已經能夠笑著說出這些話，但林雨恩只覺得心頭被人插了一錐子似地抽痛。

「就是傳說中的『愛到卡慘死』。」笑是種防衛機制，她心裡苦澀的不得了，嘴角卻彎起了弧度。

他笑了，沒錯，他們的故事並不稀奇，古往今來，所有的愛情故事統統不脫是愛恨糾葛。

你愛我跟我愛她之間，排列組合起來，也不過就是那幾種可能。

而愛著的那一方，總是雙手把心奉上，像是渴求著什麼，但轉頭也只能漠視別人端上的眞心。

因為不愛，所以不夠資格拿起那顆晶瑩剔透水晶似的心。

在阿勳跟林雨恩說了那件事情之後，她幾天夜裡都睡得不好。看著魏辰學的時候也總是愣愣出神，幾次想問，卻又不知道要怎麼開口，更怕要是問了，魏辰學就會離開。

她不是沒有自信，而是太過瞭解魏辰學，她跟江嘉瑜站在一起，他也許會猶豫個幾秒鐘，可最後，他依然會往江嘉瑜的方向走過去，不為什麼，就因為他是魏辰學。

就像她，也會不由自主地往魏辰學的方向走。

「好了，妳說吧，妳最近到底在憂鬱什麼？」

開學前一天，魏辰學拉著林雨恩的手，走到香草園外，那兒擺了一張室外鞦韆，是他們兩個一起在特力屋的週年慶時選的。

他押著林雨恩的肩膀坐在鞦韆上，夏季實在熱得很，幸好他早已經準備妥當，連冷風扇都搬出來，涼風吹動時，還能帶來一些香氣。

她像隻可憐兮兮的流浪狗般抬起臉，「沒有啊。」

「還說沒有？」魏辰學沉下臉，口氣很壞，「妳是太看得起自己的演技，還是太看不起我的眼睛？」

實在是這口氣與邏輯跟陶子仲太像了，林雨恩一下子沒忍住，笑了出來。

「還笑？我這是在對妳發脾氣。」魏辰學簡直拿她沒有辦法，用指結在她頭上敲了兩下，「到底發生什麼事？」

她猶豫了好一會兒，還是搖頭，「我跟阿勳學長吃了頓午餐，可能因此有點受到影響了。」

魏辰學皺了皺眉，對她的答案半信半疑，但她既然堅持不說，他繼續逼問也不好。魏辰學嘆了口氣，半是認真地說：「既然如此，以後不要跟阿勳吃飯了。」

林雨恩對魏辰學此刻的發言感到不可置信，「那怎麼可以？我們還都在系學會呢，總是有些什麼事情要處理的。」

「但是他讓妳心情不好。」魏辰學抱怨，「壞到連今天是什麼日子妳都忘記了。」

「今天？」她是真不知道，困惑地看著他。

魏辰學做出委屈的表情，「只有我記得啊……」

林雨恩皺著眉心，「什麼啊？」

「週年紀念啊。」他的聲音聽起來還真不是普通落寞，從口袋裡拿出一個小盒子，「喏，禮物。」

林雨恩啊了一聲，摀著嘴，很愧疚地看著他。

「對不起，我真的忘記了。」她拉拉他的袖口，「明天、明天我補送好不好？」

魏辰學挨著她的肩坐下，鞦韆在夜風中前後搖晃。

林雨恩小心翼翼地看著他的側臉，他好像真的很失望啊。

「對不起嘛，我明天一定補送。」她又道歉了一次。

魏辰學搖搖頭，露出微笑。

「沒事，我只是逗逗妳，看妳最近情緒這麼低落，逗妳開心。」他打開盒子，裡頭是一條精巧的項鍊，「我幫妳戴上。」

林雨恩將長髮攏到胸前，背過身讓魏辰學替她戴上項鍊，他從背後緊緊抱住了她的肩。

「妳就這點不好。」

林雨恩又幸福又甜蜜，卻又覺得好笑，這人在送完她週年禮物後，要開始批鬥她了嗎？但她順從地躺入他的懷抱，「哪裡不好？」

「妳什麼事情都悶在心裡，這樣我會擔心。」魏辰學說得直接，「不是說好了嗎？妳有什麼事情都可以跟我說，可以對我發脾氣，可以對著我哭，因爲我們還要一起走很久很久，妳如果凡事都自己忍著，那怎麼可以？」

她撒嬌地說：「我習慣了嘛。」

魏辰學對她這種軟軟的語調眞是毫無辦法，如果她能跟他吵架那還好一點，偏偏是這種軟綿綿的口氣，眞是讓人想發脾氣都找不到施力點。

「那就當成是送我的週年禮物吧。」魏辰學抱著她，「放心地把自己的心交給我，因爲我也會這麼做。」

「好。」她閉上眼，感受這個人的體溫跟眞心。這一刻，她眞的相信兩個人可以一直到永遠。

「我已經訂好明天的餐廳，晚上六點。」魏辰學的聲音從她身後低低地傳來，「週年紀念。」

他話裡的明示暗示實在太明顯，讓林雨恩忍不住笑了幾聲。「知道了，我也會準備禮物的。眞是的，怎麼這麼像小孩子？」

魏辰學把下顎擱在她肩頭，「不是都說，男人只要遇上心愛的女生就會像小孩子一樣嗎？」

這甜言蜜語說得不著痕跡又這麼自然，林雨恩覺得臉上熱熱的，不知道要答些什麼。

「那你想要什麼？」

魏辰學想了想，「其實呢，我沒有什麼想要的，跟妳在一起已經幸福的不需要別的東西。」

林雨恩忽然坐正，轉過身，一臉嚴肅。

「你這甜言蜜語到底都是跟誰學的？我明明記得我男朋友不是這樣的人啊。」

魏辰學原先還讓她的正經嚇了一跳，聽完她的話，伸手摸了摸她的瀏海。

「因爲妳對我沒有信心，我只好把我心裡想的都坦誠說出來。」魏辰學無可奈何地看著她，「這樣妳會不會比較相信我？」

「……對不起。」她低下頭道歉，「實在是我不好。」

「沒關係，我們一起努力，這是人生，不是童話故事，王子跟公主的幸福，必須認眞經營。」他又抱住她，「以後妳沒有信心的時候，沒有安全感的時候，就來抱抱我，這樣我就知道了。」

她感動的想哭，吸了幾下鼻子，才低低地說：「好。」

日子一天一天過去，魏辰學幾乎把全部心神都放在工作上，林雨恩本來就恬靜，於是漸漸兩人相處的時候，有時竟然一晚上連十句話都沒說上。最近時常他們會一起去吃飯，說一些日常瑣事，然後各自低著頭玩手機、回訊息。

林雨恩幾次想開口請魏辰學回到之前那樣——專心地看著自己，可最後還是選擇安靜。她發現，在她看著他的時候，與他眼神交會的次數漸漸少了；偶爾幾次對上視線，他會望著她的臉，神情驚醒，彷彿恍若隔世。

他是不是，在那個時候想起了誰？

他不說，她也不想問，兩人就像正在舞一曲極有默契的曲子，錯身回頭的時間，都與彼此相應，默契十足，只是視線別開時，各自有心事。

考完期中考後，時序入秋了。

就算中午的氣溫仍高，但早晚的涼意已經讓人無法忽視，再隔一陣子，路上的店家紛紛擺出應景的萬聖節南瓜擺飾。

魏辰學跟她之間的寂靜，也隨著深秋加深蔓延，宛如這世界的所有事情，都逃不過最後的冷清，不管是天氣，還是他們之間的關係。

他依然記得每個節慶都要預約餐廳，帶著她一起，可是有些什麼已經漸漸變調。

「你今天過得好嗎？」等候上餐的時候，林雨恩問。

魏辰學只是低頭看著手機。

林雨恩又喊了他一聲。

「嗯，喔，怎麼了？」魏辰學抬起眼。

「你今天過得怎麼樣？」林雨恩微笑，「今天很多事情嗎？怎麼有點恍神？」

魏辰學點點頭，有些心不在焉，「還可以，就像平常上班那樣。」

「是嗎？」林雨恩點點頭，恰巧這時候上菜了，兩人的對話也就理所當然停了下來。一頓飯，他不是低頭滑著手機，就是靜靜吞嚥食物。

林雨恩想著，是不是兩個人相處久了，就會漸漸無話可說？

可是她很明白，不是這樣，魏辰學跟她，不是老夫老妻的安適靜默，而是橫隔著些說不清是什麼的距離。

於是他聽不見她說的話，連一聲問候都聽不見。

他回來的時間越來越晚，有時身上帶著一點香氣，林雨恩嗅到了不尋常的氣味，卻也只能看著他的背影。

她越來越沉默，隨著那香氣浮現的次數增加，她漸漸認得那個香味。

她不知道應該責備自己不在第一時間出聲阻止，還是應該讚賞自己，在第一次嗅到那味道的時候就已經有了心理準備。

那是江嘉瑜的香氣吧？

她這樣想著，把一切的問號都放在心底。這樣很傻，她也知道，可是她很害怕，害怕得不敢去問，不敢證實。

證實了又怎麼樣？

不過就是提早了魏辰學離開的時間。

她還是習慣入夜之後煮一壺花草茶，等著他回來，有時等得晚了，她會不小心在客廳裡睡著。漸漸地，她等不到他了，她心裡有底，可這個習慣依舊戒不掉。

她總是一個人捧著一本書，坐在跟魏辰學一起挑選的長毛地毯上，那是他喜歡的顏色，她喜歡的材質。

這些東西都還在，可是只剩她一個人。

她有時也想憤怒大吼，但終究只是靜靜坐著，像一朵花，或是一棵樹一樣。

溫熱花草茶的蠟燭發出了燃燒的爆裂聲，她替自己倒了一杯熱茶。適逢聖誕節，很多節慶用品都在特價，所以她換了應景的紅色蠟燭，也買了一些新的乾燥花草。

天冷了，飲用的花草茶配方也已經換了，換成能夠溫暖身體的配方，不知道他還喝不喝得出來。

有一陣子，就連她多放了幾片甜橘葉，他都能在第一口就品嚐出來。

於是她明白了他不愛甜。

後來，就很少用了。

她看著那杯茶，傻傻地彎起嘴角。

那段時間真好。

好到讓她現在這麼難以習慣沒有他一起並肩喝茶的空白。

笑著笑著，眼淚一顆顆滑落。

或者，她應該面對現實了？

每天晚上，在等不到魏辰學的夜裡，她都是這麼想的，再拖下去，傷得最重的會是她自己，可是一見到他，她所有的狠心決絕都化成了一抹輕煙，融入茶中，化成舌尖的一點苦澀。

到底應該怎麼樣，才能親手掐斷這些愛？

她辦不到，亦想不出辦法，最終只能靜靜地坐在客廳裡，看著那壺熱茶，等待著。等著魏辰學回來的那天，或者，是離開的那天。

從她遇見魏辰學開始，自己的心就已經管不住，越是掙扎越是深陷，她早就想不起來自己是爲了什麼愛上他。

喀喀。

門前傳來鑰匙轉動的聲音，是他。今天還能等到他，算是一個好的結尾。

她帶著笑，站起身，走上前去，看著他沒有表情的臉，溫聲問：「吃過飯了嗎？」

魏辰學看著她，眼神非常複雜，眉頭緊皺。

「吃過了，我有話要跟妳說。」

「好，你說。」她依然笑著，依然是這樣順從。「不過，要不要先換身衣服，還穿著襯衫不舒服吧？」

她忽然很想知道，在魏辰學眼中的自己是什麼模樣？

是像一隻乖巧的小兔子，還是像一隻準備拋棄的小狗？

在他準備要提出分手之際，他是怎麼看她的？

「我們分手吧。」

這句話，跟她的猜測分毫不差。

魏辰學的臉上面無表情，她看著他的眼睛，至少，是不是能找出一點愧疚？

可是她要他的愧疚做什麼？

她想笑，可再也笑不出來，嘴角抽了幾下，淚已盈於睫，已滑落頰。

「……是因爲嘉瑜學姊嗎？」她忍耐著，強迫自己說出這句完整的話，聲音裡帶著壓抑的顫抖。

魏辰學先是愣了一下，眉心蹙得更緊。

他不回答，但姿態已經說話。

是的。

「對不起。」他的聲音裡有著歉然，「我努力過，可是……」他還是不由自主地想往那個人走去。

如果可以，他多麼想留在這個地方，留在這麼溫暖的地方。每天回家會有溫暖的茶能喝，會有一個可人兒迎上來噓寒問暖。可是，他真的沒有辦法，再這樣拖延下去，對誰都是傷害。

沉默無聲蔓延。

所以我只是你的努力？林雨恩心裡忽然充滿悲哀。

不是愛，不是喜歡，只是努力？

她閉上眼睛，剛剛那一幕已經看得這樣清楚，以至於在這一刻她如此憎恨自己。

她恨自己爲什麼不能像其他女生一樣哭喊、質問，用盡全力氣力地嘗試留下他？至少不是像現在這樣，僅僅是淚目相對。當一個男人不愛一個女人的時候，眼淚不過使他厭煩。

但她太清楚，魏辰學下的決定，誰也改變不了。包括她。

不，不對，她也許曾經進入他的心裡一段時間，但從來沒有得到過能夠改變他的資格跟地位。

那些資格跟地位，他已經全部都給了江嘉瑜，一分一毫都沒有留給她。

她不過是一個擺渡人，渡了他一段，又渡了他回去，收留了疲憊的他，爲他端上一杯茶，等到他恢復體力，他就翩然離去。

她好想問：你選了江嘉瑜，那我怎麼辦？你的承諾還這麼言猶在耳。

她沒想到，眞正能對他哭的時候，是最後的分離時刻。

這恐怕是世界上最不堪的場面了。

她就算能夠強迫他負責，也不能強迫他愛她。

是的，他不愛她。

她明白。

第九章　再見不再見

每個人都有自己的選擇，而每個選擇都有人受傷。

魏辰學走了。

房子裡頭屬於他的東西都消失了。

她曾經想，自己還有很多話沒說，如今什麼都不必說了，她只能跟自己對話，假裝魏辰學還在她面前，假裝她的自言自語，魏辰學都能聽見。

就算她知道這麼做不過就是自我安慰。

然後陶子仲跟阿勳都來了，兩人一起坐在她的客廳裡，看著她。

「那句話是怎麼說的，形銷骨立？」陶子仲轉頭問阿勳。

「沒錯。」阿勳看了他一眼，「我想到的是，爲誰風露立中宵？」

陶子仲翻了個大白眼，「還有誰，不就是那個什麼魏的嗎？」

「這倒是。」阿勳喝了口手搖杯的飲料，「唉，以前來都有花草茶可以喝，現在只能自己買過來了。」

「再嫌就滾出去。」陶子仲回嘴。

林雨恩哭笑不得地看著他們，「你們是來吵架給我聽的嗎？」

「是。」

「不是。」

陶子仲伸手拍了阿勳的頭，「閉嘴。」

她有點好奇，「你們兩個哪時候感情這麼好了？」

「現在。」陶子仲立刻回答，「事實上是三天前，妳這三天跟個傻子一樣，整個就活在自己的世界。」

「謝謝你喔。」林雨恩低頭嘲諷，然後又抬起臉問：「但是你們是怎麼知道的？」

三天前，分手的隔天。

提起這兩個字，她的心傳來一陣一陣痛楚，像是誰從她心底剜走了一大塊幸福，從此她只能感覺到痛。

陶子仲看著阿勳，「問他，他找我來的。」

阿勳則是聳了聳肩。

「扣掉我跟陶子仲，這件事在這世界上至少有三個人知道，妳跟他跟她。」阿勳抿抿唇，「妳說我是怎麼知道的？」

也是。

她苦笑，自己都傻的失去推理能力了。

她其實想問是誰告訴阿勳的，但又想，算了，是誰說的有差別嗎？

「吃飯吧，妳想吃什麼？」陶子仲問，還沒等到林雨恩反應，又說：「這幾天我們吃了一堆便當，所以不要再吃飯了，我都要吐了！」

「那你幹麼問她？」阿勳在一旁提出疑問。

「尊重。」

兩人又你一言我一語地吵了起來，林雨恩看著他們，心思飛到了過去。

她好像從來沒有跟魏辰學吵過架。

不管是什麼事，只要魏辰學開口，她都會同意。是不是就是因爲這樣，才會讓魏辰學覺得自己一點都沒有脾氣，可以被隨意對待也沒有關係？

她想著，眼淚無法控制地流淌而下。

「怎麼又哭了？」陶子仲心疼地伸手擦她的淚，「不哭了，從小學三年級之後我就沒看妳哭過了，妳幹麼爲了那個男人哭成這樣？」

她哭泣的時候是沒有聲音的，那樣安靜的模樣，心碎更是外顯。

「阿勳學長，學姊過得好嗎？」她忍住抽泣，盡量冷靜地問。

阿勳伸手摸了摸她的頭，「別問妳不能承受答案的問題。」

林雨恩的眼淚掉得更兇。

是啊，她到底想要聽到什麼答案？

魏辰學跟江嘉瑜過得很好？還是魏辰學離開她以後，過得更加糟糕？

陶子仲長嘆了口氣，抱住她。

「他媽的，這是我的現世報嗎？倒是報應在妳的身上！」他低聲罵。

阿勳挑眉，「聽起來你玩弄了不少女性啊？」

林雨恩一聽，張口想笑，衝出來的卻是一聲嗚咽。

就像是一道水壩有了裂口，又遇上了滂沱的雨季，林雨恩徹底崩潰了。

炙熱的夏季已經結束，花季開到荼靡，終將要凋零。

眞的眞的結束了。

前三天的毫無感覺就像是時間讓誰按下了暫停鍵，她感覺不到所有感覺，注意不到所有事情，如今這種保護機制已經結束了，她必須去感受那種痛徹心扉的痛，即使想躲，也躲不開。

她哭著哭著，睡倒在陶子仲的懷裡。

陶子仲將她放平在沙發上。

「所以我們要去吃飯嗎？」阿勳問。

「當然吃！我又沒失戀，我會餓的！」陶子仲沒好氣，「但是，你最好把事情從頭到尾跟我說清楚，到底怎麼會發展成這樣。」

阿勳口氣很涼薄，像是完全事不關己，「可以啊，這是一個愛情故事，牽扯了四個人加上一條人命，說有多精彩就有多精彩。」

「我對你的那條人命沒有興趣好嗎？」陶子仲翻了個白眼，「還有，你儘管自責，一輩子都走不出來我也無所謂，但是別拖我家恩恩下水。」

阿勳低聲淺笑，「這算哪招，自己家的孩子自己好？你家恩恩本來就是這種個性，你還想要她能三天就看開？」

陶子仲深吸了一口氣，忍住想要毆打誰的衝動，出聲警告：「你再廢話，我就先打你出氣。」

「倒是你幹麼這麼火？」阿勳悠悠地靠在椅背上，「日劇《長假》你有看過嗎？裡頭有一句話：所謂男女之間的友誼，是一種持續的時機錯失，或者說是一種永遠的單戀。」

阿勳說完了這句話，目光灼灼地看著陶子仲，「你是這樣嗎？或者，其實你才是我們之中最深情的那一個？」

陶子仲愣了好一會兒，爆笑出聲。

「你不要看多了日劇就以爲每個人都是這種個性，幹麼？我就非得喜歡恩恩才能跟她當朋友？」陶子仲扁嘴，「太狹隘了吧？」

阿勳笑起來，「你也知道，我現在見不得有人逃避愛情。」

「討論要吃什麼比較實在啦，最好可以買回來吃，不然恩恩這樣我也不放心。」陶子仲輕柔地爲林雨恩順開了她的瀏海，她的頰上還帶著淚痕，他拿起一旁的外套蓋在她身上。

「既然你這麼不放心，那就我去買回來好啦，你留在這裡陪她。」阿勳當機立斷，「吃夜市好嗎？」

「可以。」陶子仲轉身收拾桌子，該丟的丟，該留的整理到一邊去。「魏辰學的東西你都收好了嗎？」

「收好了，除非雨恩在她的內衣裡頭發現魏辰學的頭髮，不然應該什麼也不留了。」阿勳笑著回話。

陶子仲可沒有他這種好心情，白了他一眼，「那就拿回去給他吧，他的東西我們不要。」

這種充滿賭氣的發言，阿勳當然很可以理解，他沒多說些什麼，只是幫著把桌上收一收，就出去買吃的了。

陶子仲盤腿坐在地毯上，看著林雨恩的睡顏，他確實有些讓阿勳的話影響了。

小時候初初相識，他就喜歡這個安靜的女生了，只是那時候哪裡懂什麼是喜歡，經過十多年的相處，那種感覺早就遺忘了。

經阿勳這樣一提，陶子仲仔細想分辨自己的感情，但越想這麼做，就越無法判斷。或許感情這回事就是這樣，理智一旦想要介入，不過就是把所有的事情都弄得更混亂而已。

陶子仲伸手把林雨恩臉上的淚痕抹去，但他能抹散眼淚，能抹平傷痛嗎？

他明知道魏辰學已經盡力把傷害降到最低，否則他大可以腳踏兩條船，或者是一再拖延，直到無法遮掩爲止。

他幾乎能夠完整地感覺到林雨恩的痛楚，她不會恨，但是，他會。

他對於這種自己完全無能爲力的處境感到煩悶，要是可以，他願意痛揍魏辰學一頓，如果這樣能讓魏辰學回到林雨恩身邊，或者如果這樣能讓她開心。

他嘆了口氣，可惜他能夠控制很多事情，唯獨無法控制愛情。

他眞想知道在林雨恩平靜的睡顏下，她的夢裡是不是也能那樣平靜？

或者，她的夢裡誰都沒有，只有一片香草園？

陶子仲發了一會兒呆，才回過神來，趁著阿勳還沒回來，他把屋子簡單打掃過一回。

夕陽西下了，起風了。

他忽然想起他們小時候一起放學回家的場景。

那時候他們還能肆無忌憚地牽手相依，而現在，他只能看著她心痛。

汽車鳴響喇叭的聲音斷斷續續，以前他只會覺得吵，現在卻覺得這樣也好，省得他讓這一屋子的靜默給壓死了。

這樣他怎麼拯救林雨恩？

這三天來，他不只一次地想，如果當初他強硬一點，不讓林雨恩跟魏辰學在一起，也許就可以避免今天這種結果，但隨即又嘲笑自己的不自量力跟不切實際。

林雨恩的個性他比誰都明白，她眞的愛上了魏辰學，誰也阻擋不了。

而且，說到底，又有誰能夠阻擋得了誰的愛情？

瑄瑄爲了自己的愛而跳樓，阿勳爲了自己的愛決定一生守候，江嘉瑜離開過還是想回到魏辰學身邊，而魏辰學爲了自己的愛，放棄了林雨恩。

每個人都有自己的選擇，而每個選擇都有人受傷。

愛或許總是伴隨著撕裂，撕開自己的某個部份，放入那份珍而重之的情感，將自己無限地縮小，又將對方無止盡地放大。明知如此不可能長久，卻又想不出更好的解決方式。

他的凌亂思緒被林雨恩在睡夢中發出的抽泣聲打斷。

就像這樣，她連睡也睡不安寢。陶子仲伸手一下一下安撫著林雨恩，她沒醒，但就算在睡夢中也能感覺到他的善意跟關心，情緒漸漸穩定下來。

「明知道每個人都要這樣走一回，可是我怎麼就這麼捨不得妳痛？」陶子仲握著她的手，輕聲低喃：「妳這樣讓人怎麼放心？」

等到阿勳回來，陶子仲喊醒林雨恩，讓她起來吃點東西，這次她的情緒明顯要好得多，雖然大多數時候還是非常安靜，默默地掉眼淚。

飯後，阿勳說要先回家去洗澡，如果情況不對，再讓陶子仲打電話給他。

林雨恩跟陶子仲也各自洗沐，然後陶子仲用市售茶包煮了一壺茶，端到香草園圃旁的小木桌上。

林雨恩一從浴室裡出來，就讓陶子仲抓到小木桌旁坐好。

她乖乖捧著一杯茶，看著在小燈泡下搖曳的香草葉子，一逕地沉默。

「下星期妳要去上課嗎？三天沒上課了，我已經先請阿勳幫妳跟系上說一聲，但是繼續這樣下去可不行。」

林雨恩的視線慢慢從遠方收回，落向眼前的這杯茶。

也是，不管怎麼樣，該做的事還是得做。

「我會去。」她的聲音裡沒有什麼情緒。

「好，那我陪妳。」陶子仲立刻接話，「星期一我來接妳上課，妳是幾點的課？」

「十點。」林雨恩下意識地回答問題，但她的腦海裡，那一霎那卻浮現出魏辰學的笑。

陶子仲和魏辰學長得一點也不相似，但那個瞬間她就是想起了魏辰學。

啊，是因爲陶子仲身上的那件衣服，男人的衣服都有幾分相似，橫條紋的POLO衫，不同牌子的看起來也很雷同。

她不由自主地想著魏辰學，想知道他現在在做什麼？更想知道他過得好不好？

「其實你不用擔心我。」她低頭看著淺淺晃漾的茶面，「我早有心理準備。」

「妳早就知道會有這一天，爲什麼還要……」一時之間，陶子仲居然找不出任何適合的言語，可以形容林雨恩的執著。

她只是低下頭，不想解釋。

陶子仲太計較得失，於是不會懂，她是用怎麼樣的心情看待魏辰學。

很多時候，她只想要魏辰學開心。

更多時候，她只想要看到魏辰學。

於是就算最後會是這樣的結果，她仍然義無反顧。

她不是爲了愛義無反顧，她是爲了他。

陶子仲啐了一聲：「妳有什麼毛病？妳偏要選一個妳一定會失去的人愛？」

「要是可以選，我也不想選他。」林雨恩脫口而出：「可是你不明白，我看著他的時候就像是迷航的船看見了燈塔，我沒有別的選擇。」

他就像是她的出口，通往光明。

陶子仲啞口無言，只能弱弱地下了一句評論：「這是魔鬼的虛像！」

「這世界上的所有東西都是虛像，只有情感是眞的，體驗是眞的，愛是眞的。」林雨恩停了一停，才啞著嗓子說：「痛也是眞的。」

「媽的，妳是傻子嗎？」陶子仲嘆了口長氣，「妳這樣對他，能給的全都給了，但是他怎麼對妳？」

林雨恩垂目，「我最痛苦的是，我覺得，在這件事情上頭，他沒有錯。」

如果可以，我也想恨你，可是我辦不到。

沒有魏辰學的日子很簡單也很平靜，偶爾的空虛跟寂寞，林雨恩很快就習慣了。

但陶子仲事後跟她抱怨，那一陣子，她七分像人，三分像鬼，有時候以爲她已經恢復得差不多，隔天卻又見她雙眼紅腫。

有幾個週末，他放心不下，去摁了她家的門鈴，來應門的她一臉蒼白，他問什麼都要等上一會兒，她才會有答案。

於是他明白了，她還停留在那個時間。

平常上課的日子，她可以壓抑自己，像是沒有任何情緒，一旦到了假日，她一個人獨處，那些情緒就如同妖怪一樣翻江倒海而來。

他無能爲力，甚至不知道自己應該把她從那個虛構的情境裡拉扯出來，還是應該縱容她在假日的時候，連精神都一起放假。

最終，他還是只能陪伴著她。

就讓她在泥濘中掙扎前行吧，反正他在一旁看著，總不會讓她孤孤單單昏死在半路。

眞的不行，他背她，死活也要帶她走出來。

幸好林雨恩骨子底的一股倔強，並不允許她就這樣耽溺下去。

就算是一路磕磕絆絆、跌跌撞撞，她總算漸漸恢復過來，留在回憶裡的時間越來越少，但這時候她已經升上了大四。

都算不清楚過去了多少日子，跟魏辰學在一起的每個日子都這麼清晰，而他走了之後所有的一切都這麼模糊。

她看不清楚，伸手也抓不到他。

於是只能依憑著回憶，一日過一日。

系學會那裡，本來應該輪到她登上重要幹部的位置，但在阿勳畢業後，她就抽手不管了，仔細想想，所有的一切都是從這裡開始，她下意識地想要逃避，阿勳也幫著她，其他人再怎麼勸也逼不了。

大學的最後一年，像是所有一切都沉入了湖底，過去的回憶都漸漸腐化，留下的一些什麼，她不去看，風也攪不起。

陶子仲每隔兩三天就會來跟她一起吃飯，說是討厭一個人吃飯，但林雨恩明白，他只是擔心她，否則陶子仲要吃飯，哪有可能約不到人？

面對這個多年好友，林雨恩心中是很感激的，要不是他幫著，這些日子，她不知道要怎麼過。

今天週五，傍晚是她跟陶子仲碰面的固定行程，林雨恩正等著陶子仲忙完，好一起去吃晚餐。等待的時間有些零碎，不管做什麼事情都顯得不夠充足，她索性放下手上所有事情，上網瀏覽臉書。

不期然地，卻看見那張喜帖，那一秒，她毫無所覺地屏住了氣。

他們，要結婚了嗎？

她劇烈喘氣，像是再多的空氣都不夠用。

鼻尖太酸，雙手發顫，可她還是不由自主地把臉湊近了螢幕。

這是他現在的模樣嗎？喜帖上的那幾張照片，美得不像普通人，不像她認識的他們，可是她又是這麼清楚地一眼看出那是魏辰學。

他過得很好，至少看起來過得很好。那一身白色西裝，雖然她從來沒想過他會穿這麼夢幻的衣服，可看起來居然這麼適合。

還有江嘉瑜，她的五官經過化妝之後更加精緻，幾乎可以跟明星媲美。好幸福。

她以爲她已經習慣，可是這一刻，心臟竟然抽痛得這麼劇烈，像是回到了剛分手的那幾個月。

心，是眞的會痛的。

她的腦海裡忽然浮現出魏辰學的面容，那麼久沒見了，她居然還能清晰地憶起他手的溫度，他擁抱她的力量，他的吻輕輕落在她頰上的悸動。

是的，這一切已經都不是她的了。

曾經是。

眼淚簌簌地掉落，她無法遏止地哭著。

爲什麼？爲什麼最後站在他身邊的人，是江嘉瑜？

她很羨慕，很嫉妒，她恨得想毀滅這個世界，可是最終只發現連自己都毀滅不了。

她想再見他一面，可是再見又有什麼用？魏辰學已經要結婚了，就算不是這樣，他也不可能回到她身邊。那些她自欺欺人的回憶，對魏辰學而言，或許不過就是一場夢。

溫暖而安慰人心的夢。

夢醒了，他還是會回到他的世界，跟江嘉瑜共度現實的人生。

但她卻一直緊緊攢著那些虛幻的夢，因爲一旦放手，她就會徹底失去他。

地板很涼，冰冷的感覺一陣一陣透骨。

陶子仲早已經把這屋子裡的家具都換過，連一絲絲過往的痕跡都沒有留下。可是他不明白，魏辰學是這麼深刻而疼痛地刻印在她的心上，就算所有一切都已經換新，也無法阻止那些回憶在她心上瘋狂叫囂。

她依稀聽見陶子仲的聲音在耳邊喊著，可是她聽不清楚。

這世界所有事情，她多希望都能夠跟她無關。

魏辰學走了，她就算理智上很清楚，這世界不是誰沒有誰就會活不了，可是她的心痛應該怎麼解釋？

如果可以不要面對，可以什麼都不要管，不知道該有多好？

她閉上眼，決心無視所有的一切。

「雨恩還好嗎？」

「沒事，身體上都沒事。」陶子仲忽然停下來，嘆了口氣才又說：「她一直都是這樣，什麼都不說，有這麼一天，我一點都不意外。」

林雨恩眨了幾下眼睛，鼻尖嗅聞到一股刺鼻的藥水味，陶子仲和阿勳站在她的床邊好像在爭辯些什麼，那兩人完全沒注意到她已經醒來，她想知道發生了什麼事，但頭卻痛得不能思考。

「所以她是爲了什麼？」

「看來是那張喜帖。」陶子仲壓低音量，「螢幕上留著那張喜帖的照片，這年頭大概全世界的秘密都能夠在臉書上找到。」

阿勳笑了起來，在陶子仲伸手打人之前，又收起笑。

「不要激動。」阿勳擋住陶子仲的手，「這事我們瞞不了多久，她早晚要知道的。」

陶子仲隨手扒扒頭髮，「我知道，但是我一直以爲她已經康復。」

「嘉瑜曾經問過我一句話，她問：爲什麼是我？」阿勳扯了扯嘴角，似笑非笑，「我只回答：因爲不是妳不行。現在我也把這句話告訴你，就這麼簡單，有些傷會好，有些痛會過去，可是疤痕永遠都在那邊，怎麼樣都褪不去。」

「所以你們就抱著傷痕打算過一輩子？」陶子仲沒好氣，說話的音量大了。

林雨恩什麼都想起來了，所以不想再聽，這些話她都知道，但哪有這麼容易辦到？

「阿仲，」她微弱地喊，動了動手，才發現手臂上還插著針。「我餓了。」

陶子仲伸手探了探她的額頭，又氣又心疼，「妳想吃什麼？」

「魚湯。」她想也沒想就說，目光飄向後頭的阿勳，「學長，你也來了？」

阿勳戴著一頂鐵灰色的帽子，走到床邊，對她笑了笑，「沒等到妳，我們不能吃飯。」

陶子仲看了他們一眼，「好吧，那你們聊，我去買點吃的東西，大概還要好一會兒才能離開。」

林雨恩看著那瓶點滴，點頭表示理解。

「怎麼樣？還好嗎？」陶子仲離開後，阿勳拉過一張椅子坐下。

「還好。」

他們誰都知道不可能還好，但誰都明白，只要嘴上說著還好，也許就能慢慢康復起來。

林雨恩看著自己的手臂，不曉得爲什麼，針頭固定在手臂上的這個景象，就是特別嚇人，沉默了一會兒，她問：「那你呢？」

「我很早就知道這件事了。」阿勳面無表情，甚至，林雨恩有種他還在笑的錯覺。「我早就有心理準備，這天遲早會來，不是魏辰學，也會是其他人。」

「你眞的能甘心嗎？」林雨恩問。

「不可以。」阿勳微笑起來，「又如何？」

她不知道，她只希望自己可以消失在這個世界上。

「愛情是種太暴力的關係，不是全部就是沒有，而我已經學會了不再貪心。」阿勳頓了頓，眼神飄渺，「久久見一次面，甚至不見面，我都還能過著自己的日子，妳不也是這樣過來了？他們要走入人生的下個階段，跟妳有什麼關係？」

她不知道，忍不住哭了起來，直到眼淚落下，她才知道原來自己還這麼愛著魏辰學。失去的疼痛感，她從來未曾忘記，只是沒有想起來。

心痛的速度比思考的速度還要快，她回答不出阿勳的問題，可是已經疼得掉下眼淚。

阿勳嘆了口氣，從包包裡拿出面紙爲她擦拭淚珠。

「不哭了，不哭了。」他哄著她，「是我不好，不應該這麼說，我明明知道我們有多難受，明明有更溫柔的說法。」

她搖著頭，覺得頭又痛了起來。

爲什麼要這樣對她？不是說時間可以沖淡一切嗎？魏辰學離開了這麼久，爲什麼她的失去還是這麼銳利的疼痛？為什麼心底還在汨汨流血？

「我們都不要再提起他們，好不好？」

讓這些人這些日子，都像是從來不存在他們的生命中。

阿勳深吸了口氣，「……好。」

就算是自我欺騙也沒關係，誰又能強迫誰面對現實，關於愛，我們用了太多謊言遮掩，又用了太多力氣逃避。

但若可以，又有誰願意？

因為深刻地理解了，所以願意更加溫柔慈悲地對待這個世界。

林雨恩的哭泣像是走不到盡頭，她再也不想顧慮誰，不想為了怕誰擔心而隱忍，她所作的一切，什麼都得不到。

陶子仲回來的時候，她還在哭著。他跟阿勳對望一眼，他放下手上的熱食，走到床邊去。這種時候，他除了給她一個擁抱，還能做些什麼？

「是餓到哭出來嗎？」陶子仲故意這麼問，第一個賞臉笑出聲來的是阿勳，林雨恩傻愣著，而眼淚就這樣止了。

「很好，那我們吃飯吧。」陶子仲當然不會給她任何回到傷痛情緒的可能，對他而言，不能處理的事情，就不用去想，把當下的每一秒過好，才是最重要的。

林雨恩就這樣眼角還掛著淚珠，手上已經被塞進一碗魚湯，面前還擺了一碗肉燥飯跟一盤燙青菜。

至於阿勳拿到的則是一份雞肉絲飯便當跟一杯紅茶。

「爲什麼雨恩吃的是魚湯，我只有雞肉絲飯？」阿勳其實不是介意，只是覺得好奇。

「不爽不要吃。」面對阿勳，陶子仲就沒有這麼好耐性了。「那是最後一碗魚湯，你也不看看現在都幾點了，人家老闆還願意賣我，是我運氣好。」

阿勳扁扁嘴，護著手上的便當，「我又沒說什麼，不過就是好奇，你這是遷怒啊！」

「老子就是要遷怒你怎麼樣？」陶子仲口氣很差，「見過犯賤的沒見過這麼犯賤的，你寰宇搜奇啊?!」

這下換成阿勳愣住，倒是林雨恩笑了出來。

「這口才多犀利啊，我總算明白你平常對我有多忍讓了。」

「妳才知道。」陶子仲瞪了她一眼，「好了，快吃吧，吃完飯，等到點滴打完，我們就可以走了，在醫院待久沒什麼好處。」

三人用手捧著便當就這樣吃了起來。等到點滴打得差不多了，請醫生來檢查過後，三人便回到林雨恩的家裡。

閒聊了幾句，時間已晚，阿勳也沒多待，一下子就回去了。

阿勳走後，林雨恩跟陶子仲並肩而坐，兩人沉默不語，林雨恩站起身，從櫃子裡拿出一瓶紅酒跟兩只高腳杯。

「陪我喝一點吧？」她提議。

陶子仲安靜地看著她，喝點酒若是能安定心神，應該不礙事，只是林雨恩剛剛從醫院裡出來，他總覺得這樣不是很好。

這話他只是在心裡想想，並沒說出口。看著她把酒杯端給他的模樣，他忽然有種感覺——這女孩已經長大了，也許她早就長大了，只是他不曾注意過而已。

他拿起酒杯品了品，不算糟，但也不是什麼好酒。

林雨恩也做著跟他一樣的動作。

他想開口問些什麼，但終究沒有，只是默默又倒了一杯。

林雨恩感激陶子仲此時的安靜，她這時候最需要的也不過是這樣的陪伴。

窗外的車聲傳入室內，更顯得房子裡頭的寂靜無聲。

陶子仲本來想問林雨恩爲什麼要這麼難受？都已經分手這麼長的一段日子，她沒跟其他男生約會交往他沒意見，可是爲了一個已經離開的人這麼要死要活，他就完全不能接受了。

就算他這麼瞭解她，很多時候還是對她的想法感到不可思議。

但他只是靜靜地喝著酒。

「你一定很難明白，我到底在難過些什麼。」也許是喝了一點酒，林雨恩居然主動說起他正在想的事。

陶子仲不覺得這是默契，這不過是因爲他和她同處一個時空背景裡，而今天又發生了這麼大的事，會一起想到同一件事情，完全合情合理。

陶子仲聳聳肩，「我不懂的事情多著，妳不說也無妨。」

「我只是覺得，我徹底失去了他。」林雨恩像是沒聽到陶子仲的話，或許這世上所有人都只是說著自己想說的，並不眞的在乎別人是不是想聽。「再也沒有機會了，再見的時候只能生疏地寒暄，只能說一句你好嗎？更多都顯得罪惡。」

陶子仲看著她的臉，很想說，就算魏辰學不結婚，她也早就沒有機會了。並不是每個旅人都會回家，也不是每個守候都能等到歸人，她的等待不過是爲了滿足自己，跟魏辰學早已經無關。

但她已經這麼傷心，他若開口這麼說，無異於在傷口上撒鹽。

林雨恩沉浸在自己的思緒裡，過去那樣清晰，未來卻已經荒蕪。

良久，陶子仲開口問：「他結了婚，妳就能死心嗎？」

沒有他的日子，妳已經過了這麼久，等到情緒過去，也不過就是繼續過下去，妳眞的能死心嗎？

林雨恩睜著清明卻又迷惘的眼睛看著他。

「……我不知道。」

因爲痛的感覺是這樣深刻清楚，使得其他種種都像是被淡化的背景，而魏辰學是疼痛的中心，她越往中心看，他的身影就越加清晰。

「妳緊緊抓著痛，是不甘心放手，還是想證明自己活著？」忍了一晚上，陶子仲終於說了重話，「妳這樣對待自己，不過就是自憐自艾。」

林雨恩深吸一口氣，仰頭喝乾杯裡的紅酒。

「如果可以，你以爲我想嗎？」聽見陶子仲這麼說，她沒有生氣，只是定定地看著空無一物的杯子，像是如此便能看見最想見到的人。

這話陶子仲都不知道聽了多少次了，阿勳這麼說，林雨恩也是這麼說。

「離不開的人，多半都是自己不想走！」他口氣轉壞，「妳如果只想沉浸在這樣的情緒裡，神仙也救不了妳。」

林雨恩只是輕輕一笑，充滿嘲弄。

這一聲笑諷，她自己並沒有什麼特別感覺，但陶子仲聽在耳裡，卻像是讓針刺了一下。

從什麼時候，那個恬靜的林雨恩已經消失了？

眼前這個對世界充滿了嘲弄的人，也是她嗎？這是成熟還是墜落？

如果要用她的恬靜換得這樣的成熟，他就算費盡此生力氣，也願意保護她逃離這場蛻變。

「我們到底要去哪裡？」一下課，林雨恩就讓陶子仲拉走。

「別問，妳跟著我走就對了。」

陶子仲根本就不讓她反抗，沒過多久，林雨恩就知道了原因。

她硬生生地踩住腳步，「我不想去。」

那間咖啡店裡頭有太多回憶，她不想也不敢進去。

「就算魏辰學在裡面你也不進去？」陶子仲問，看著她的臉色，又道：「分手過後，妳再也沒見過他吧？」

她很猶豫，也很掙扎。

她不應該再見他，卻又忍不住想見，這一猶豫，她已經又被陶子仲拉著走了。

魏辰學還坐在他們過去常坐的那張桌子，一如既往地從容安適，只是手上不是捧著書，而是正在滑手機。

他抬眼，跟林雨恩四目相交的那一瞬，她有種錯覺，一切都未曾改變，這一切的風雲變化不過只是一場夢，夢醒了他們依舊初相識，她才剛在聖誕樹下見到了這個人。

人生若只初相見，何事秋風悲畫扇？

「妳……」魏辰學站起身，眼神裡有些驚詫，「怎麼這麼瘦？」

「托你的福。」陶子仲涼涼地開口。

林雨恩垂目，很想說，不是，不是因爲他，是因爲她沒有照顧好自己。

魏辰學看向陶子仲，即便能理解他的火氣從何而來，但並不表示他必須接受，只是若在這事情上糾結，卻顯得小家子氣了。於是他問：「所以，你今天約我來這裡碰面有何指教？」

他是看在林雨恩的面子上才答應陶子仲的邀約，或許他也有些想見見林雨恩，問問她的近況。

無關愛，只是曾經交往過的人，總還是有情。

「祝你結婚愉快。」陶子仲笑了笑走上前去，掄起拳頭就朝魏辰學臉上招呼過去。

他下手就沒有要留情，魏辰學沒想到會是這樣的發展，結結實實地挨了這一拳。

四周的人全都嚇傻了，魏辰學退了幾步，撞翻了一旁客人桌上的杯子，咖啡色的液體撒了一地，和當下氣氛極不協調的香甜氣味蔓延開來。

「林雨恩，妳看好了，這個男人就是妳爲了他要死不活的男人。」陶子仲甩甩手，指著魏辰學，「當妳還爲了他躺在醫院的時候，這個人已經準備要結婚了；當妳每天晚上一個人守著空屋的時候，他懷裡躺的是另一個人，婚紗照裡的是另一個人，宴客的時候，是跟另一個人一起敬酒。」

林雨恩摀著嘴，還沒從驚嚇裡頭回過神來，又聽見陶子仲這麼說，她下意識地屏住呼吸，太痛了。

「什麼醫院？」魏辰學皺眉，先問起的卻是林雨恩爲何住院。

一旁的人議論紛紛，這些話配上眼前這一幕，確實讓旁觀者產生很多聯想。

陶子仲嘲諷地笑，「你少來了，你是真的關心雨恩，還是只是關心自己是不是人渣？」

林雨恩想解釋，但陶子仲又開口了。

「你該結婚就結婚去，雨恩的事情我處理就好，今天給你這一拳，想打醒的是雨恩，讓她看清楚你到底值不值得。」他用蔑視的目光看著魏辰學，「我不管你們之間是誰對誰錯，在我眼中，雨恩受了委屈就是不可以。」

「阿仲，我們走吧。」林雨恩深吸了口氣，還是想笑，但終究笑不出來，看著魏辰學的時候，全身細胞控制不住瘋狂叫囂，吵鬧得讓人不能冷靜。

「學長再見，祝你……」她停了幾秒鐘，「快樂。」

那兩個字，她說不出口。

第十章　終於失去妳

很多時候，我們只是沒想起來，並不是忘記了。

夜雨淅瀝淅瀝地落在窗外。

魏辰學剛剛跟江嘉瑜吵了一架，身邊的人正背對著他睡著。應該是睡著了吧？不管前一刻他們吵得多麼兇，她總是可以在下一刻很快入睡。

魏辰學輕輕掀開被子，穿上拖鞋卻沒有立刻走動，他的雙肘撐在膝蓋上，看向窗外。

那一瞬間，他像是什麼都沒有想，又像是什麼都想通了。

關於江嘉瑜，關於他。

兩人之間的摩擦在於他們的個性都太強烈了，就算能夠理解對方的想法，卻往往還是一點都不肯退讓。

不知道，雨恩現在過得好嗎？

他跟嘉瑜結婚已經一年有餘，她應該已經大學畢業了吧。最後一次看見她是在那間咖啡館裡，後來他就再也沒去過了。至今他還是很介意，那時候陶子仲說她去了醫院，到底是爲什麼？

即便每次都有做防護措施，但他心裡仍然有種不安的感覺揮之不去，是不是有了什麼意外？

若是眞有意外，林雨恩肯定是不會告訴他的。

但話又說回來，這年頭會去醫院，也不一定是爲了那種原因，他倒也不至於需要捕風捉影。只是無論如何，雨恩確實進了醫院，這一點他很介意，尤其陶子仲又說是因爲他。

魏辰學慢慢起身，回頭看了嘉瑜一眼，她依舊沉沉睡著。走出房間，他替自己倒了一杯水。

如果失眠，應該喝點什麼才能安睡？

他想著，面前卻浮現了林雨恩的嬌笑臉龐，她的唇動了動，可是他聽不見她的答案。

魏辰學端著茶走進書房，站在書架前，只覺得疲憊。

眼角瞄見了從前買的幾本有關香草的書籍，那是跟林雨恩在一起時，買來跟她共同研究的。分手之後，他就不曾再翻，如今連最簡單的安神花茶是什麼都想不起來。

他伸手取下那幾本書，才打開書，正想要按照目次尋找答案，一枚書籤從裡頭掉了出來。

他凝視著那張書籤，紙張已經有些泛黃，卻讓書籤更有風味，圖面上有著一支小花，留了一大處空白。

他從前只想知道這花代表著什麼意思，現在更想知道的卻是，這一處空白，爲什麼不多塡一點東西進去？

這樣孤寂的畫面，他想起林雨恩跟他說再見的神情。

心頭忽然一揪。

都說深夜容易讓人回憶起前塵往事，確實，時間很晚了。

他想知道，自己對於雨恩的那段過去，到底除了愧疚之外，還有沒有一些其他的感情？

他坐上椅子，看著這一整面牆。

他愛嘉瑜毫無疑問，但是，偶爾像這樣跟嘉瑜吵得兇了，他就會想起雨恩。

像個避風港一樣。

可能女人最好別當避風港，否則男人休生養習之後，又要離岸去到另外一個戰場。

這念頭一出來，魏辰學就笑了。

人啊，無可避免地總要爲自己找理由，難怪陶子仲要罵他人渣，這樣想想，他確實滿渣的。

他收起那本書，卻把那張書籤放進公事包裡。

林雨恩留下的問題不多，但卻都很讓人耿耿於懷。

他現在已經對於哪一種花草茶可以安眠已經沒有興趣了，看了一眼時間，晚了，乾脆就睡書房吧。

幸好並不算太冷。

魏辰學站在那幢屋子外頭，看見裡頭亮著燈，那盞燈落在客廳的方位。

他在原地等了一會兒，想上前摁下門鈴，又擔心屋子的主人並不想見到他。

事實上，他也不應該再見林雨恩，已婚男人單獨會見前女友，這光是想，都已經足夠招來批判。

只是口袋裡的那張書籤一直刺痛著他，讓他突然很想去把那些問題都問清楚。他正左右爲難，沒料想面前的那扇門卻主動開了，他閃躲不及，正面與那人打了招呼。

不是雨恩。

他不知道是鬆了口氣，還是該說失落。

魏辰學朝著那人笑了笑，轉身想走，卻又多看了那人一眼，眉目之間跟林雨恩有些相似，只是年齡大了不少。

他忽然憶起林雨恩曾經說過，這屋子是她阿姨的。

「等等。」那人喊住他，走上前來，帶著一點不確定地問：「你是……魏辰學？」

他回過身，點點頭，「我是，請問您是？」

「我是林雨恩的阿姨。」她笑起來的時候，嘴角的弧度與林雨恩如出一轍。「進來坐坐吧，我泡杯花茶給你。」

他本該拒絕，但是這麼相似的發言，讓他不由自主地應了聲好。

魏辰學跟在阿姨的身後進了屋，屋子裡流洩著音樂聲，像間咖啡店一樣。

「天氣涼了，喝溫的吧。」阿姨端上杯子，微溫的茶湯將杯子暖得熱呼呼的，入口時卻不覺得燙。

魏辰學喝了一口，放下杯子，「阿姨，您怎麼知道我是魏辰學？」

她眼角帶笑，「你不也知道我是雨恩的阿姨嗎？早在你開口問我之前，你就已經知道了吧？」

魏辰學笑了笑，「是，只是不敢確定。」

「你今天來，有什麼事嗎？」阿姨開門見山地問了。

魏辰學沉默了半分鐘，真要說有什麼事，其實也沒有，他只是想問一句：「雨恩過得好嗎？」

「她跟阿仲去美國讀書、工作了。」阿姨說著這話的時候，一直觀察魏辰學的神情，「你們的事情，我聽阿仲說過了。」

「是嗎？」魏辰學嘲諷地彎起嘴角，「那大概不是什麼好話。」

「情緒自然是有的。」阿姨並不否認，「不過雨恩卻沒說過你什麼壞話。」

魏辰學的嘴角彎度僵在那兒。

他不是不知道雨恩是什麼個性的人，但猛然這麼一聽，還是令人愣怔。

她是最有資格說他壞話的人，卻從來不曾說過一句有害於他的話。

阿姨留了很長一段空白時間給他，只是自顧自地喝茶，甚至很輕很輕地跟著音樂節奏哼唱。

直到魏辰學動了一動，端起已經發涼的茶杯一飲而盡之後，阿姨才又說：「其實我也不覺得你有錯，這個年代，誰不是狠狠地傷過幾次才懂自己要的是什麼呢？這樣說來，我還得感謝你成就了雨恩。」

魏辰學盯著阿姨，很想知道這話裡是不是還有一點嘲諷。

但他確實沒有在她臉上看到任何可能的尖銳情緒，好像她本來就認定，這件事早晚會發生。

跟他一點也沒關係。

茶香跟音樂聲瀰漫，該是很舒柔的場景，卻與他心中的感覺構成了一場矛盾的對立。

無暇處理他心中的衝突，他從口袋裡拿出書籤，遞到阿姨面前，「這是雨恩做的。」

阿姨很驚喜地翻來覆去看著，「確實很像她的手筆。」

「我想知道，這張書籤有沒有什麼含意？」魏辰學問，又從側背包裡拿出其餘幾張，「我的每一本書裡都有她夾著的書籤，從一開始……」

一開始，是什麼時候？

他們還沒在一起，對坐在咖啡館裡一起看書的那時候嗎？

原來日子過去了這麼久，但爲什麼他的記憶卻如此清晰？

恍若昨日，原來是眞的。

他想起在那些夜裡，她都會爲他煮上一壺花草茶，一天一天，像是一種制約，從那之後，他只要經過餐廳，聞見花草茶的香氣，腦海裡就會不由自主地浮現出她的臉龐。

微笑的、嬌憨的、恬靜的，他細細想來，記憶裡的她，都是這樣安適的模樣。

阿姨看著魏辰學沉默深思的表情，並沒有打擾他。

人類的五感，比腦袋要好得太多了，在某些時候跟某些人一同經歷的某個事件，也許腦海裡早已經忘記，卻會因爲某股熟悉的香氣而讓記憶一湧而上。

很多時候，我們只是沒想起來，並不是忘記了。

阿姨拿起那些書籤一張一張看著。

「這裡是全部了嗎？」她問。

魏辰學愣了一瞬，搖頭，「只是部份。」

「是嗎？」

「爲什麼這麼問？」

「沒有什麼特別的意思，只是我想看而已。」阿姨笑了笑，「雨恩的興趣跟才華，都展現在這方面了，做爲她的阿姨，我很想看看她其他的作品。」

他無從判別眼前女子說的是眞或假。

「我想知道這些書籤裡，有沒有隱藏著什麼想說的話？」他又重複了一次問題。

阿姨微笑，安靜地看著他。

這感覺很奇妙，他覺得自己像是會被那樣沉靜的眼神給看透，卻又不會眞的討厭這樣的對立。

「在那之前，我想先問你一個問題。」阿姨一頓，用眼神等待他的允許。

「好。」魏辰學其實別無選擇。

「你最近好嗎？」阿姨沒有浪費時間，開門見山地問了。

他略有詫異，想說好，話到了舌尖嘴邊卻不知道爲什麼變了，「尙可。」

「那就是有部份的生活令你不滿意。」阿姨笑了笑，「這不意外，大多數人的生活都是這樣，不滿意的部份居多，可容忍的部份不少，眞正打從心底喜歡的只占少數。」

他略略皺眉，「這跟我的問題，有什麼關係嗎？」

「有的。」阿姨隨手拿起擱置在一旁的書，蓋住桌上所有的書籤。「你總是在這種時候想起雨恩，對嗎？」

有些惆悵的時候，日子不順利的時候，或者是，跟江嘉瑜吵架的時候。

魏辰學臉上的表情更加複雜。

「其實我不是一定要聽你的答案，我只是希望你明白，這是你的情緒陷阱。人都會往自己習慣的方向走，情緒跟回憶也是，你可以不把我今天說的話當成一回事，但若你明白了，就會知道，雨恩之於你，已經是場幻覺。」阿姨將那本書拿開，露出底下的那幾張書籤。

魏辰學的手指動了動，但終究沒有伸手去取。

「這些書籤裡，並沒有藏著什麼特別的意思，有的只是這個製作者對你的愛。」阿姨將書籤攏成一疊，推到魏辰學面前，「像是一個咒語，雨恩製作著一張一張書籤的時候，肯定是希望你沉浸在閱讀的空隙時間裡，還能想起她，卻沒想到，你想起她的時候都是想出走的時候。」

想從不如意的現實裡短暫逃離，逃到一個安全又沒有壓力的避風港。

魏辰學深吸了口氣，什麼話都沒說。

「過去就讓它都過去吧。」阿姨的笑很溫柔，「你的愛，該留給更值得的人。」

他確實沒有什麼資格否認這句話，但心裡卻有一個聲音不斷地叫囂著。

對的人，又是誰？

阿姨端起花茶壺，往他的杯子裡注入溫熱的花茶。

「你知道張愛玲的《紅玫瑰與白玫瑰》嗎？」她一邊倒茶，一邊問。

茶聲瀝瀝，彷彿是他心中的雨聲。

這樣尋常的閒聊問句，魏辰學卻猛然頓悟了。

「娶了紅玫瑰，久而久之，紅的變了牆上的一抹蚊子血，白的還是『床前明月光』；娶了白玫瑰，白的便是衣服上沾的一粒飯黏子，紅的卻是心口上一顆硃砂痣。」他低喃，才發現，自己也走入了這個迴圈。

因為得不到，所以記憶裡的都是美好，或者因為失去，所以不會有生活考驗，留下的只有溫暖。

「我錯了嗎？」他低聲自問。

「事情只有經歷，沒有對錯好壞，你的選擇與感受才是至關重要。」阿姨笑著又道：「當然，這是我的想法，你要如何做，就看你自己，只是既然你知道這故事，也就應當明白故事裡頭的男主角振保最後是怎麼樣的。」

魏辰學頷首，他腦子裡的念頭紛雜。

其實無關振保也無關那個故事，他是他自己，未必會走上跟別人一樣的道路，只是倘若他一直抱持著這樣的念頭不放，事情恐怕只會越來越糟。

「那，我先回去了。」他猛然起身，像是要逃離什麼一樣。

阿姨拿起那疊書籤，遞到他面前。「帶回去吧。」

魏辰學猶豫了幾秒鐘，本想要拒絕，最後還是咬牙接下了。他能丟掉書籤，但是回憶是不可能消失的，既然如此，書籤又何必扔？

「我先走了。」他說。

「慢走。」

阿姨送他出門，看著他離開的背影消失在街角。

回到屋子裡，東西都還沒有收拾，林雨恩就從樓上下來了，她穿著輕便，一臉睡容，嗓音帶著剛睡醒的慵懶：「早安。我剛剛聽見好像有客人，就沒有下來打招呼了。」

「早，時差還沒調回來吧？怎麼不多睡點？」阿姨心想，這樣錯過，也好，倘若見了面，還不知道會有什麼風波。

「太陽出來了，曬得睡不著。」

林雨恩伸了伸懶腰，正要走入客廳，卻聽見阿姨說：「廚房裡有烤吐司，先吃一片，晚點要出門和妳爸媽去吃午餐了。」

「好。」她走進廚房裡拿出烤土司，又順道倒了一杯溫熱的咖啡牛奶再轉入客廳，坐上沙發時，卻一時有些愣怔。

這氣味，熟悉的讓她想起了誰。「剛剛是誰來過了嗎？我認識的人嗎？」

阿姨收拾桌面的手停了一停，抬起臉看著她好一會兒，才說：「是魏辰學。」

啊，難怪，這味道如此熟悉。

林雨恩不作聲，只是咬了口土司，慢慢吃著。

「會覺得可惜嗎？」阿姨收拾好桌面，坐到她身旁。

「啊？」林雨恩困惑地想了想，才反應過來阿姨這問題是在問些什麼。「不會，想的太久，見與不見已經沒有差別。」

「希望有一天，妳是跟我說，太久沒有想起他，見不見都無所謂了。」阿姨一笑，「我去準備東西，等一下出門。」

多。

「好。」

林雨恩心裡有很多感覺，但已經不想再深思，只要不理會那些感覺，日子就會好過得

只是，魏辰學尋來是因爲知道她這兩天才剛回來？還是碰巧？

咖啡牛奶已經有些放涼了，她喝了一口，只覺得酸澀。

明明過去這麼久，偶爾想起，心裡還是有股難以言喻的悶痛感。

她這次回來，預計只會待上幾天，跟父母吃個飯，算是小渡假，很快又要再回到美國。

陶子仲在美國已經申請到很好的大學，她去唸語言學校，同時正在研究當地的植物精油課程還有證照的問題，如果沒有意外，她應該就是往這條路上走了。

至少在那個世界裡，沒有任何她不願意想起的事。

本來她還有點排斥回台灣，其實跟魏辰學無關，只是覺得這裡似乎沒有什麼特別依戀難捨的，父母在台灣的生活過得很好，也不需要她擔心。

待在美國那段時間，她週末常會跟陶子仲結伴四處逛逛，有時候去爬山，有時候則去逛大賣場採買生活用品。陶子仲不只一次感嘆，像林雨恩這樣淡然倒也不錯，完全沒有適應問題，她一個人就成了一個世界。

林雨恩跟父母吃完飯，一起逛了百貨公司，待吃過晚餐，父母打道回府，而林雨恩跟阿姨則是又去買了點東西才回家。

洗過澡後，她坐在房裡擦著頭髮，房裡只留了一盞小燈，昏黃地亮著。

她想起魏辰學，其實她很容易就可以找到他，他也很容易就能找到自己，只是他們誰也

沒有去跨過那條界線。

因爲曾經有過的那些共同時光，堆疊出來的默契是那麼深厚，以至於，她害怕再見他，害怕被那些曾經有過的溫馨襲擊。她害怕自己依然記得魏辰學喜歡什麼討厭什麼，更恐懼面對他如今其實已經不再喜歡那些。

他們之間畢竟有過那麼大一段空白了，人都是會變的。

「雨恩。」阿姨敲了兩下門，站在外頭喊她。「妳有空嗎？」

「有，等我吹完頭髮。」

「我在客廳準備了蛋糕，等會兒下來吃吧。」阿姨溫柔地說。

「好，我馬上就好。」她起身拿了吹風機，還沒插上插頭，就已經聽見阿姨腳步往下的聲音。

吹乾頭髮，她穿上一件小外套，看見窗外的一輪明月。

彼時，跟魏辰學偶爾也會倚靠在窗櫺，靜靜地並肩看著月亮，並不是無話可說，而是這樣的寧靜，實在不應該說話。

現在想想，也許那時候他們就已經走入無話可說的階段了吧？

這世界上最可怕的事，或許就是自己的認知跟事實有了出入；更可怕的是，她永遠都無法證實這件事的對錯了。

林雨恩攏了攏長髮，關上窗子，走下樓去。

阿姨煮了熱奶茶，一旁擺著蛋糕，林雨恩一邊覺得，天啊這是要肥死誰，一邊卻又坐下來拿起小叉子。

「偶爾一兩次放縱沒有關係的。」阿姨看著她又糾結又貪嘴的表情，忍不住笑起來。

「太罪惡了。」林雨恩咬著叉子，懊惱地把蛋糕放進嘴裡。

阿姨微笑地看著她，並沒說些什麼。

林雨恩把蛋糕吃了一半，忽然停下來，「阿姨，我覺得害怕。」

看著她的迷惘眼神，阿姨溫和地問：「怕什麼？」

「怕我一輩子忘不了魏辰學。」

阿姨微笑著搖搖頭，「妳一輩子都忘不了的。」

林雨恩愣了一會兒，才又聽見阿姨說：「能忘記初戀的人，大概不多吧。」

她笑了出來，「說不定有人轉眼就忘。」

「那妳可不能當這種薄情的人。」阿姨打趣地說：「我們不跟那種人當朋友。」

林雨恩放下叉子，「所以我真的還可以再愛嗎？再毫無保留地去愛另外一個人？」

阿姨溫柔地摸了摸她的頭，「可以，不管花上多久的時間，妳都要相信自己還有再愛的能力，也許不是現在，但是未來一定沒有問題。」

「如果每一次愛都是一場冒險，我們會越挫越勇，還是最後傷重而亡？」她很茫然，這樣的事情，完全無法預料。

「這個問題我無法回答妳。」阿姨頓了頓，「只是，妳的幸福是掌握在自己手上，想要怎麼做，該怎麼做，沒有人可以告訴妳。」

「所以我還是只能賭一把嗎？」

「是。」

誰的愛情不是跟命運賭一把呢？在一起了也未必不會分手，結婚了也未必不會離婚，就算什麼風波都沒有，就一定能白頭偕老嗎？

「阿姨肯定就是因爲抱持著這樣的想法，所以才能毅然決然地跟著男友跑到美國去。」餐廳裡，阿勳坐在林雨恩對面，聽著她述說昨天發生的事情。

「我倒是不意外。」阿勳拿叉子戳起了花椰菜，「人都有這種本能，受到傷害的時候，覺得挫折的時候，就跑到比較溫暖的地方去，你有聽過北風與太陽的故事吧，大概就是那樣，妳就是魏辰學的太陽。」

林雨恩笑了，「說得挺有道理。」

阿勳聳聳肩，「早看開早自由。」

「那你跟嘉瑜學姊還有聯絡嗎？」林雨恩問。

「偶爾，但幾乎算是沒有聯絡了。」阿勳笑了笑，「就算偶爾見面，也都是一群人。」

她沉默了一會兒，終於忍不住問：「他們過得好嗎？」

阿勳沒有正面回答，只道：「兩個個性都這麼強硬，怎麼可能不吵架？」

林雨恩心裡五味雜陳。

「那學長呢？還打算繼續等待下去嗎？」林雨恩實在不知道阿勳的這種守候有沒有個盡頭，他不離不走，不捨不棄，可是這種存在又像是不存在。「我後來總覺得，你這樣的行爲會讓嘉瑜學姊不幸的。」

阿勳淡然地問：「此話何解？」

「你永遠都是學姊的退路，這樣不是讓人有一種，反正不管我怎麼做都沒有關係的感覺嗎？」林雨恩目光灼灼地看著他，「你究竟是怎麼想的？」

「要是我說，我就是想要讓她不管怎麼樣都有退路，妳又怎麼想？」阿勳的語氣沒有絲毫起伏。

林雨恩嘆了口氣，「我覺得，你很傻。」

「啊？」

「不管你是真心還是惡意，這都不是什麼有效的方式。」林雨恩很惆悵，「我真的不知道要怎麼說你。」

阿勳故意白目地笑答：「用嘴說。」

瞪了他一眼，林雨恩實在狠不下心口出惡言，要不然她真想像陶子仲一樣，惡狠狠地痛罵他一頓，問他何時才要清醒？

離不開的人，多半都是自己不想離開。

「我說句重的話，」林雨恩頓了頓，「愛情裡，從來沒有拿苦勞當功勞這回事。」

「妳現在倒是置身事外，說得很輕巧啊。」阿勳笑得那樣自在，彷彿他們討論的人並不是他。

林雨恩笑著抿抿嘴，「就是置身事外了，才能這樣跟你說。我就要回美國了，你是少數幾件我很掛心的事情。」

阿勳哈哈笑了幾聲，「多謝賞臉，不過妳不是我，不能理解我的糾結。」

林雨恩倒是同意阿勳說的，這世界上沒有誰可以完全理解別人的想法，就算是高度同理吧，也不過是同理，終究不是同。

「別擔心，一年兩年，一天兩天，日子慢慢過著也不算難。」只要不要奢求太多，自然就不會有其他的失望。「我會把自己照顧得很好，從某方面而言，我比你們都還要更平安，愛情是這世界上最危險又最不能控制的東西，所以我只能離開它。」

林雨恩實在對他這種逃避的心態感到無可奈何，但又不知道要怎麼說服他。

「要是阿仲在，肯定把你罵得狗血淋頭！」

「說起他，你們兩個什麼時候要在一起？」阿勳問。

林雨恩噴笑，「我跟阿仲？不可能的。」

「怎麼不可能，你們從小一起長大，他又這麼保護妳，妳也這麼瞭解他。」阿勳的確不理解，「我實在不明白你們不在一起的理由。」

林雨恩淡淡地笑著：「也許就是因爲這樣，所以才不會在一起。我們現在這樣很好，彼此照顧，互相支持，就算在一起，也不過就是這樣了，那又何必？」

「但你們在一起之後，妳就有更多的話能跟他說，更理直氣壯地占有他。」

她有些困惑，「但是我沒有更多的話要跟他說，也不想占有他，我希望他一生都幸福愉快。」

阿勳露出恍然大悟的神情。

「妳不愛他。」

「我愛，只是不是那種愛。」林雨恩臉上的微笑依然掛著，「這世界上最深刻且最狹隘的愛就是愛情，我跟阿仲既然可以用其他方式相處，又何必要往死路走？」

深刻過一次，就夠了。

她也許日後會跟其他人在一起，也許不會，但是她知道阿仲會一直在她身邊，就像如果阿仲有什麼事情，她會在第一秒飛奔而去。

但這跟愛情無關，這是愛，不是愛情。

「既然你們都想通了，就好啦。」阿勳聳聳肩，「其實你們也是少數幾件，我一直懸掛在心頭的事情。」

「謝謝學長關心。」林雨恩打趣著說，「不過，我想有阿仲在身邊，我應該也沒什麼事情會出錯。」

「誰知道呢？」阿勳挑眉，想說的下半句話沒說出口。

像魏辰學，不就是妳難以躲避的業障嗎？

「我忽然想起一首詩，最近太紅了。」阿勳拿出手機查了查，遞到林雨恩面前。

第一最好不相見，如此便可不相戀。

第二最好不相知，如此便可不相思。

這兩句才入了林雨恩的眼，她已經有些恍神，她一句一句讀著，直到最後一句。

安得與君相訣絕，免教生死作相思。（1）

阿勳看著她的神情，收回手機，俏皮地說：「共勉之？」
她本來還有些惆悵，讓他這樣一問，卻笑了出來。
「阿姨說過，所有的事情都是經歷，沒有好壞。也許這才是跳脫這些迴圈的好辦法。」
她試著學習用一種超然且客觀的態度看待這一切。
阿勳喝了口咖啡，「那妳得要眞的看開，而不是自我欺騙啊。」
「面具這種東西，戴久了也就變成眞的了。」林雨恩看了看時間，「差不多了吧？你不是還有事？」
「那妳呢？」
「別擔心我，我在這附近逛逛，還想買點東西。」她拿起錢包，把錢放在帳單上，「各付各的吧，等我下次回來再請客都不知道要到什麼時候了。」
「好。」阿勳不跟她爭這個。
兩人結了帳，走出咖啡店。
「那，自己保重，掰。」
林雨恩轉身要走，卻讓阿勳喊住，「妳眞的不想再見他嗎？」
這問題讓她想了一會兒。
「我回你一首詩吧。」她笑了笑，低聲唸著：

你見，或者不見我，我就在那裡，不悲不喜。
你念，或者不念我，情就在那裡，不來不去。

你愛，或者不愛我，愛就在那裡，不增不減。
你跟，或者不跟我，我的手就在你手裡，不捨不棄。(2)

她唸得這麼順，聽得出來她早已經不知道唸了多少次。

阿勳一笑，伸手摸摸她的頭。

「也好。」他收回手，「我走了，妳自己小心。」

「路上小心。」

她跟阿勳告別之後，一個人漫無目的在街上閒晃。

剛升上大學的那一年，那些記憶她還歷歷在目，她也是像現在這樣，一個人在街上走著，只是那時候她手裡還拿著地圖，而現在不需要了。

現在想想，整個大學時期，除了魏辰學跟阿勳，她並沒有任何朋友，可能那時候也不覺得有什麼關係，現在回頭看，不免覺得有些可惜，那麼珍貴的大學四年，結果只剩下一片蒼白的回憶。

走過的這些街頭都依稀能夠看見魏辰學的身影，起初，她還會被街上那些身形相仿的人給嚇到，總以爲會是魏辰學。慢慢才終於習慣，不是，魏辰學已經離開了她的生活。

眞奇怪，只是說了一聲愛，兩人就能夠如膠似漆；只是說了一聲再見，那個人就像是徹

1：〈十戒詩〉倉央嘉措。
2：〈班扎古魯白瑪的沉默〉扎西拉姆·多多。

底從這個地球上消失。

時間一久，她甚至有種錯覺，彷彿魏辰學根本就是她想像出來的人物，她從來不曾擁有過什麼，一切都是她的虛構。

等著過馬路的時候，她攏了攏外套的領口，起風了。以前她常跟魏辰學經過這個街口，他走路的方式，穿衣的風格就像那個人一樣。

……咦?!

林雨恩瞪大了眼睛，她又看錯了嗎？自從回到這個城市，她的幻覺如影隨形。

但幻覺，怎麼會有這麼清楚的動作？

她一路追著，在馬路的這一邊，追著他的步伐。

她不知道自己究竟只是想要確定這是不是幻覺，還是一碰到魏辰學，她就無法自拔？

那人沒有要過馬路的意思，只是一個勁地往前走，她在馬路的這一邊，追著他的方向，眼神穿越車水馬龍，她仍然緊緊抓著他的身影不放。

直到兩人停在下一個路口，然後他也看見了她。

他們隔著一道斑馬線，身邊的路人紛紛朝對面邁步前進，但他們只是站立不動。

確定是他的那一瞬間，林雨恩心裡那樣猶豫。

多想走上前去，向他問一句：「你好嗎？」

但是問了又如何？好又如何？不好又如何？

他的幸福已經不是由她來成全。

既然如此，那句話，是否還有開口的必要？

魏辰學愣怔了一瞬後，掙扎著是不是要穿越路口，對她說一句：「別來無恙？」可是說了又怎麼樣？她好或不好，他已經沒有資格干涉，那麼，這一句話，究竟是爲了問候，還是要成就自己的私心？

林雨恩眼角餘光瞄到正在倒數計時的小綠人。

剩下十秒鐘，這樣短，這樣長。

那麼就讓她好好再看他一眼，自此別後，恐怕再沒有這樣的機會了。

魏辰學順著她的目光看向號誌燈。

十秒。

大約就是他們在彼此人生中的長度。

那麼漫長的人生旅途，他們曾經交會，曾經等待，然後錯過。

漸行漸遠。

是不是誰都不應該再伸出手挽留，只能夠咬著牙繼續往前走？

紅燈了，該通行的時候已經走不過去，禁止通行的時候，就不該硬闖。

就像他們之間的關係。

林雨恩望著他，本想要俐落地轉身，卻覺得腳下長了根，釘住她的所有力量，一動不能動，於是她舉起手，對他揮了揮。

魏辰學愣了一下，他曾經以爲林雨恩再也不想見他，沒想到，她還願意在遇見的這一瞬間，對他揮手致意。

於是他也抬起手，擺了擺。

風裡忽然帶來一陣植物的氣味，但他再也不可能問她，這是什麼植物了。

手機忽然響了起來，林雨恩低頭從包包裡拿出手機，看了一眼，是阿姨。她接通電話，再看向魏辰學時，那個方向已經沒有人了。

是幻覺嗎？她深吸了一口氣，四處張望，幸好，還能看見他的背影。

過去的一切都不是幻覺，是眞實存在的，她所記得的，她所愛過的，都是眞的。

也許，這樣就好。

愛過痛過失去過，是不是這樣就能夠珍惜下一個人？

她笑了笑，轉身回到自己的路上，簡單幾句話便掛斷了阿姨的電話，她們約了要一起去吃晚餐。

魏辰學站在林雨恩身後，看著她的背影。

他繞了一圈十字路口，剛好能夠讓她走在自己的前頭。

不應該再互相干擾了。

她看起來過得很好，好像是胖了點，不過很健康的樣子，裙擺隨著她的步伐擺動，沒有了他，她的姿態看起來是那樣從容自在。

這樣就好了，只要她能開心，那就好了。

魏辰學停下腳步，看著她的身影越來越小，他將雙手插在口袋裡。

他的心裡有一種很明確的感覺，終於要告別了。

他們將永遠不再出現在彼此的生命中，年輕時候的故事，成爲以後的往事。

可能他再也不會提起這個人，但他想他不會忘記她，也不會忘記現在心上這種空虛失落的感覺。

那時候，他嘗試著抗拒江嘉瑜的回頭，但是他的心裡卻是那般劇烈地疼痛，連呼吸都會忘記。否則他真的想要留在林雨恩的身旁，他理智上是這麼清楚知道，如果跟林雨恩在一起，他的日子會過得平穩安適，不像現在這樣拉扯糾結。

要是可以的話。

他是這麼清楚知道，如果他這麼做了，他會一輩子掛念著江嘉瑜，一輩子疼痛。

但如果是失去林雨恩，他還是能正常過日子，只是偶爾看見那些書籤，會愣怔一瞬。

他忽然明白，他的心比他自己還要誠實太多了。

他始終還是幸運的，至少，他曾經擁有過這樣的人，他知道一切都是自己的選擇。

即便最後是失去了她。

是的，他失去了她。

（全文完）

後記

眞正的傷心，不過就是那兩種

嗨，大家，終於看到後記的感覺怎麼樣？（被毆打）

這次不同以往的故事突破，大家還喜歡嗎？別說你們很意外，其實我也很意外，因爲寫這個故事的時候，我也正在離開一段感情。

當然我的故事跟這個故事，那是完全不同的，只是情感上，這個故事就成了我的宣洩，我不習慣跟別人說心事，所以寫作成了我的出口。

寫著這個故事的時候，我將所有的情緒都經過轉化，然後成了林雨恩，我不是她，但她卻是我的一部分。

朋友Evans問我，這個故事說的到底是不是我？當時，我沒有辦法給他肯定的答案，最後只能說：「情節是假的，但情緒是眞的。」

這已經是最貼近眞實的答案了。

我不是林雨恩，也沒有魏辰學，可是那樣的情感跟衝突，卻是這麼眞實，而且貼近我。

林雨恩有多痛，你們看著故事的時候有多痛，我就是這樣的疼痛著。

是誰曾經說過，幸福的模樣都是差不多的，而悲傷卻有千百種形式。但對我來說，卻是剛好相反，幸福的形狀是不同的，很多事情我都能感到幸福，而眞正的心傷，不過就是那幾種，求而不得，得而失之，人類大半的情緒都來自這兩個出發點。

得到了想要更多，失去了就哀聲遍野。

我不會說我用盡了全力去寫這個故事，因爲未來永遠都不可侷限；但我會說，這個故事對我的意義特別重大。

這是我第一次寫長篇惆悵小說，也是我第一篇跟現實同步率這麼高的故事。（是說，我老是寫一些奇玄幻的故事，要是眞有同步率，那我也挺有毛病的……）

然後我因爲這樣而癒合了傷口，而他卻永遠留在了這個故事。

那個他，是已經離開的那段感情中的男主角。

我曾經以爲我會再也不願意見到那個男人，但事到如今才知道，原來那種不願意見的情緒也是一種留戀。

只因爲害怕，所以相見不如不見，怕見了面，那種洶湧的情緒令人夜不成寐。現在才知道，眞的離開，是沒有任何感覺。

就算在路上遇見了，還是能夠笑臉相對，問他一聲，你好嗎？

他來了，或走了，並沒有任何影響。

我還是願意祝福他幸福，並且願意承認他的幸福不是因爲我，就像林雨恩最後對魏辰學的想法一樣。

再來，說說阿勳這個角色吧。我的身邊確實有這樣一個人，阿勳這個角色也是我把那個人剝皮之後，丟進故事裡面所生成的。阿勳很傻，但是我想說，其實我們並沒有任何資格可以評斷別人的選擇跟生活，就像阿勳那樣，他的選擇總有他的原因，我們沒有辦法評斷。

話雖如此，我還是希望他能夠找到自己的幸福，不要再執著於過去了。

最後說點輕鬆的，寫這個故事的時候，由於電視劇《蘭陵王》正在熱播，一整個故事的寫作期間，我都在聽著劇中插曲〈突然心動〉跟〈命運〉，以至於我現在聽見這兩首歌，腦子裡頭就會跑出林雨恩跟魏辰學的影像。

所以推薦這兩首歌搭配閱讀，快點來跟我同步播放吧。只是當你們看到這篇後記的時候，應該都已經看完故事了吧？（那些沒看故事就先看後記的都是壞孩子！）

最後，希望大家都可以過著自己想要的人生，跟自己喜歡的人一起過日子，每天都有好吃的東西吃，每天都可以有能量創造自己想要的生活。

煙波　于府城家中

國家圖書館出版品預行編目資料

終於失去你／煙波著. -- 初版. -- 臺北市；城邦原創出版 ： 家庭傳媒城邦分公司發行, 民 103.04
256面；14.8×21公分. --（戀小說；19）

ISBN 978-986-89938-8-4（平裝）

857.7 103003056

終於失去你

作　　者／煙波
企畫選書／楊馥蔓
責任編輯／楊馥蔓

行銷業務／林政杰
總 編 輯／楊馥蔓
總 經 理／伍文翠
發 行 人／何飛鵬
法律顧問／元禾法律事務所　王子文律師
出　　版／城邦原創股份有限公司
台北市中山區民生東路二段 141 號 6 樓
電話：(02) 2509-5506　傳真：(02) 2500-1933
E-mail：service@popo.tw
發　　行／英屬蓋曼群島商家庭傳媒股份有限公司城邦分公司
聯絡地址：台北市中山區民生東路二段 141 號 11 樓
書虫客服服務專線：(02) 25007718 · (02) 25007719
24小時傳眞服務：(02) 25001990 · (02) 25001991
服務時間：週一至週五09:30-12:00 · 13:30-17:00
郵撥帳號：19863813　戶名：書虫股份有限公司
讀者服務信箱 email：service@readingclub.com.tw
城邦讀書花園網址：www.cite.com.tw
香港發行所／城邦（香港）出版集團有限公司
地址：香港灣仔駱克道 193 號東超商業中心 1 樓
email：hkcite@biznetvigator.com
電話：(852)25086231　傳眞：(852) 25789337
馬新發行所／城邦（馬新）出版集團 Cité(M)Sdn. Bhd.
41, Jalan Radin Anum, Bandar Baru Sri Petaling,
57000 Kuala Lumpur, Malaysia.
電話：(603) 90578822　傳眞：(603) 90576622
email:cite@cite.com.my

封面設計／黃聖文
電腦排版／浩瀚電腦排版股份有限公司
印　　刷／漾格科技股份有限公司
經 銷 商／聯合發行股份有限公司
客服專線：(02)2917-8022　傳眞：(02)2911-0053

■ 2014 年（民 103）4月初版
■ 2020 年（民 109）8月初版14刷
Printed in Taiwan

定價／230元

ISBN　978-986-89938-8-4

POPO城邦原創 www.popo.tw　城邦讀書花園 www.cite.com.tw

POPO城邦原創
www.popo.tw

廣告回函
北區郵政管理登記證
台北廣字第000791號
郵資已付，免貼郵票

104台北市民生東路二段 141 號 2 樓
英屬蓋曼群島商家庭傳媒股份有限公司
城邦分公司

請沿虛線對摺，謝謝！

不必用釘書機或貼郵票，直接投入郵筒即可，感謝！

POPO城邦原創
www.popo.tw

自由創作，追逐夢想，實現寫作所有可能
城邦原創：http://www.popo.tw
POPO原創FB分享團：https://www.facebook.com/wwwpopotw

書號：3PL019	**書名**：終於失去你	**作者**：煙波

請於此處用膠水黏貼

POPO城邦原創 www.popo.tw

讀者回函卡

謝謝您購買我們出版的書籍！
請費心填寫此回函卡，我們將不定期寄上城邦集團最新的出版訊息。

姓名：________ 性別：□男 □女 聯絡電話：________

生日：西元______年______月______日 傳真：________

地址：________

E-mail：________

學歷：□小學 □國中 □高中 □大學 □碩士 □博士

職業：□學生 □上班族 □服務業 □自由業 □退休 □其它______

年齡：□12歲以下 □12～18歲 □18歲～25歲 □25歲～35歲
□35歲～45歲 □45歲～55歲 □55歲以上

您從何種方式得知本書消息：□POPO網 □書店 □網路 □報章媒體
□廣播電視 □親友推薦 □其它______

您喜歡本書的什麼地方：□封面 □整體設計 □作者 □內容
□宣傳文案 □贈品 □其它______

您常透過哪些管道購書：□書店 □網路 □便利商店 □量販店
□劃撥郵購 □其它______

一個月花費多少錢購書：□1000元以下 □1000～1500元 □1500元以上

一個月平均看多少小說：□三本以下 □三～五本 □五本以上______本

最喜歡哪位作家：________

喜歡的作品類型：□校園純愛小說 □都會愛情小說 □奇幻冒險小說
□恐怖驚悚小說 □懸疑小說 □大陸原創小說
□圖文書 □生活風格 □休閒旅遊 □其它______

每天上網閱讀小說的時間：□無 □一小時內 □一～三小時
□三小時～五小時 □五小時以上

對我們的建議：________

____

____

請於此處用膠水黏貼